O BURLADOR DE SEVILHA

JOÃO GABRIEL DE LIMA

O Burlador de Sevilha
Romance

Copyright © 2000 by João Gabriel de Lima

Capa
Angelo Venosa

Preparação
Carlos Alberto Inada

Revisão
Beatriz de Freitas Moreira
Ana Maria Barbosa

Os personagens e situações desta obra são reais apenas no universo da ficção; não se referem a pessoas e fatos concretos, e sobre eles não emitem opinião.

Dados Internacionais de Catalogação na Publicação (CIP)
Câmara Brasileira do Livro, SP, Brasil

Lima, João Gabriel de
    O burlador de Sevilha / João Gabriel de Lima. – São Paulo: Companhia das Letras, 2000.

    ISBN 85-7164-990-1

    1. Romance brasileiro I. Título

00-0969   CDD-869.935

Índice para catálogo sistemático:
1. Romances : Século 20 : Literatura brasileira
    869.935
2. Século 20 : Romances : Literatura brasileira
    869.935

[2000]
Todos os direitos desta edição reservados à
EDITORA SCHWARCZ LTDA.
Rua Bandeira Paulista 702 cj. 32
04532-002 – São Paulo – SP
Telefone (11) 3846-0801
Fax (11) 3846-0814
e-mail: editora@companhiadasletras.com.br

*Aos escritores Tirso de Molina, pelo título,
João Francisco de Lima* (in memoriam), *por me ensinar o ofício,
e Claudia Maximino, pela primeira (e decisiva) leitura.*

Tutto nel mondo è burla
L'uom è nato burlone

Arrigo Boito, *Falstaff*

I

Ela odiava ópera, motivo suficiente para que eu a rejeitasse. Mas conhecia Sevilha, boa razão para que eu me sentisse atraído. Era uma história com vários finais possíveis. Por isso, achei que valeria a pena contá-la aqui.

Antes, porém, é necessário esclarecer por que minha vida se equilibra entre esses dois pólos, a ópera e Sevilha. São razões particulares, emocionais, arbitrárias. E juvenis. As paixões de adolescência determinam muitas de nossas escolhas mais fiéis. Adere-se a uma religião, por exemplo, porque os colegas de classe se reúnem todos os finais de semana na chácara da escola para professar um culto, e a adolescência é uma fase em que a aprovação da turma é importante. Da mesma forma, pode-se abraçar a cartilha de um partido só porque ela foi ouvida, pela primeira vez, dos lábios carnudos da colega de faculdade que é personagem de nossas fantasias mais encharcadas. Claro que a paixão não é a única variável das escolhas que fazemos, mas ela está no início de tudo. Há os que discordam dessa idéia, e passam a vida toda criando teorias mirabolantes para mostrar que os gostos de juventude não são apenas gostos de juventude, e sim causas nobres ou transcendentes que merecem ser impostas aos outros mediante catequese. Os ingênuos pertencem a esse grupo. Os chatos também.

Por sorte, não formo nesses dois times. Não pretendo, com o que agora escrevo, angariar mais fãs para a ópera ou turistas para Sevilha. Até porque ambas — a música, uma arte sem muita utilidade prática, e uma cidade do sul da Espanha na qual nunca coloquei os pés — não são defensáveis enquanto causas. Conto, aqui, como essas duas coisas balizaram minha vida unicamente porque é importante para a história que virá depois. Comecei a gostar de ópera na única fase da existência em que se ama com fervor verdadeiro, a adolescência. Pouco antes, tinha uma raiva sincera da música, surgida naquela época em que se odeia sem culpa — a infância. Chegou a hora de apresentar um personagem secundário mas essencial: meu pai. Ele me ensinou a amar a música, mas por "oposição", como explicarei a seguir. Só pode contagiar terceiros com sua paixão quem ama de verdade, o que não era o caso dele. Mais que um melômano, meu pai era um disciplinado radical, que a certa altura resolveu obrigar a si próprio a gostar de música, pois isso era importante para o que naquele tempo se costumava chamar de "cultura humanística". E "cultivar o espírito", como ele próprio dizia, passou a ser sua prioridade desde a morte de minha mãe, nos primeiros anos de minha infância. O que meu pai queria, claro, era preencher a própria solidão. E a desculpa da música pelo menos não o tornava decadente, como seriam a da bebida ou a das drogas, e sim nobre diante de si próprio.

Dessa forma, dedicava suas horas vazias a, como se dizia naquela época, uma modalidade do belo.

Assim, todas as noites, depois do jantar, meu pai colocava um disco na vitrola. Havia muitos em casa, comprados logo depois do casamento, sem outro critério que não fosse o decorativo — meu pai não entendia o suficiente de música para saber qual a melhor gravação desta ou daquela peça, como os verdadeiros degustadores de sons. Da mesma forma que há pessoas que compram enciclopédias para enfeitar a estante da sala com suas lombadas grossas, meus pais haviam adquirido, em seus primeiros tempos de casados, coleções musicais. Os antigos discos de vinil, obviamente, não tinham lombadas, mas as caixas contendo as séries de dez a vinte LPs tinham, e eram vistosas. Nelas se liam, em letras de imprensa brancas sobre fundo preto, coisas como "Grandes temas do cinema" ou, em tipos cursivos marrons sobre fundo laranja, "Convite à dança".

Eu detestava aqueles discos. Talvez porque eles roubavam o tempo que meu pai poderia dedicar a mim, em sua única hora livre nos dias de semana, depois de trabalhar e antes de se recolher ao escritório para suas leituras preparatórias para o dia seguinte. E é provável que ele realmente usasse a música para fugir, para diminuir as horas de contato não apenas comigo, mas com todo o mundo, um véu não apenas para cobrir a solidão mas também para preservá-la e protegê-la.

O fato é que eu odiava aquelas coleções. Tanto que fiquei bastante feliz numa tarde em que inventei uma brincadeira que se tornaria a minha favorita, e que era semelhante a um esporte inventado pelos gregos na Antiguidade: o arremesso de disco. Numa tarde em que me vi sozinho em casa, descobri o enorme prazer que havia em despir os vinis de suas capas e caixas e atirá-los no chão, ora me regalando com o chiado que faziam ao espojar-se no soalho, ora colocando-os em pé e girando-os como piões. Se fosse um pouco mais velho, talvez guardasse os LPs de volta em suas caixas depois da brincadeira, evitando a provável surra noturna. Mas estava naquela idade em que as crianças ainda não precisam esconder suas traquinagens. Ao contrário: mostrá-las faz parte do jogo, assim como um escritor só se satisfaz plenamente no momento em que seu pecado — espalhar mentiras sobre folhas de papel — é descoberto.

    Apanhei feio naquela noite. Mas persisti na minha brincadeira estúpida, embora os castigos ficassem cada vez mais pesados. Da quase indolor palma da mão meu pai passou, gradativamente, para os mais machucativos chinelo e cinto. Suportei heroicamente, intuindo que persistir no delito seria a única maneira de provar, a longo prazo, a ineficácia do castigo. De certa forma, venci. Lá pela sétima ou oitava noite, meu pai não me bateu. Em vez disso, trouxe-me um presente. Uma caixa com uma coleção de discos infantis. Era composta de vinte histórias gravadas em vinil colorido, material que sairia de linha muito antes da aposentadoria definitiva dos LPs. Meu pai retirou um dos discos da caixa, colocou na vitrola e me convidou a ouvir com ele. Depois, me entregou os restantes, para que eu saboreasse o objeto presenteado. Sua estratégia, óbvia, era desviar minha atenção, e funcionou. Crianças são volúveis em seus amores e ódios, e trocam facilmente um pelo outro. Continuei não gostando de música, mas poupava de meu plano de extermínio os discos que contavam histórias. E, enquanto os ouvia, não brincava de Discóbulo com os outros. Tinha, é claro, algumas recaídas. Nelas, obviamente, os discos arremessados nunca eram os meus. Meu pai havia incutido em mim o sentimento de posse, aquele que nos faz preservar, com unhas e dentes, o que temos. Faltava a tal da responsabilidade, que consiste em respeitar o que é dos outros. Enquanto não a adquirisse, continuaria levando, de noite, os castigos regulamentares.

Quando cresci mais um pouco algo mudou. As velhas caixas de discos de meu pai passaram a despertar em mim alguma curiosidade. Principalmente uma, colocada na prateleira mais alta, com o título "As grandes óperas". Parte do fascínio tinha a ver com o fato de que ela ainda estava intocada, pois meu pai nunca a ouvia. Ele também não gostava de ópera. Numa dessas tardes em que o trabalho de meu pai e a ausência da empregada criaram condições para minhas expedições exploratórias, subi num banquinho e tirei da prateleira a coleção virgem, da mesma maneira excitada e silenciosa como, algum tempo mais tarde, folhearia revistas proibidas no banheiro. Cada um dos fascículos ainda estava envolvido em celofane. Rompi o invólucro do primeiro, onde se lia, em letras estilizadas pretas sobre fundo bege, "O barbeiro de Sevilha". Cada disco vinha acompanhado de um caderno de umas doze páginas, em bom papel, contendo várias fotos e ilustrações, e um texto narrando a trama da ópera. Era um layout semelhante ao dos meus livros infantis. Naquela tarde, li as peripécias de Fígaro, Rosina e do conde Almaviva como quem toma contato com uma história de fadas, um embate entre nobres e plebeus passado num reino distante — que, por acaso, se chamava Sevilha, palavra para mim tão remota na época quanto Cólquida ou Caxemira. Não ouvi o disco. Depois de ler a história, coloquei o fascículo cuidadosamente na caixa e o devolvi à estante. Não queria que meu pai, ao voltar, descobrisse que eu mexera ali. Estava amadurecendo e aprendendo a virtude da discrição. Ou talvez gozando, pela primeira vez, de um dos grandes prazeres da vida: o segredo.

Ler essas histórias passou a ser minha diversão das tardes. Verificar como elas ganhavam a forma de música, colocando os discos na vitrola, foi o passo seguinte. Não foi um caminho tão curto assim. Ocupou — entremeado com várias outras experiências, igualmente excitantes — a época que leva da infância à idade adulta, passando pela adolescência. Ao longo desse período, a função da ópera na minha vida foi se modificando. Entre a infância e a adolescência, descobri o prazer de ter um território só meu, já que ouvia os discos sozinho, pois meu pai não gostava do gênero. Apesar de não ser apreciador do canto lírico, ele incentivava minhas descobertas. Em sua ótica, eu estava adquirindo alguma forma de cultura, do mesmo modo que ele quando ouvia as sinfonias e concertos a que se tinha obrigado. Claro que algumas vezes meu pai ficava irritado, em geral quando aquela sessão de gritaria extrapolava as tardes e continuava noite adentro, inviabilizando sua digestão regada a música instrumental — só tínhamos uma vitrola. Nessas horas, ele se trancava mais cedo em seu escritório, para ler. E eu acabei descobrindo outra utilidade da ópera, além de contar histórias: afastar as pessoas quando eu desejasse. Seria o meu véu protetor. Usei-o muito na adolescência, quando é tão necessário ter um. Era um gosto muito mais radical do que música barulhenta ou filme de terror. Quem se assusta com os dedos de navalha de um serial killer se já está acostumado com ciganas que churrasqueiam crianças, como a que aparece em *O trovador*? Chegando à idade adulta, exerci a última e mais radical das rebeldias. Resolvi me tornar cantor. Mais uma vez, claro, contrariei meu pai, que esperava que eu seguisse uma profissão mais convencional. Por ironia, ou praga, acabei, de certa forma, como ele. Hoje sou funcionário público. Ganho a vida como baixo no coral do Teatro Lírico. Como meu pai, assino livro de ponto.

A ópera me deu mais do que uma razão para contrariar o mundo, uma das coisas mais prazerosas que podemos fazer em nossa curta passagem por ele. Gerou em mim um desejo incontrolável: conhecer Sevilha, a cidade do barbeiro que povoava as histórias da minha infância e que também serviu de cenário para *Don Giovanni*, *As bodas de Fígaro*, *Carmen*, *A força do destino*, *Fidélio* e outras óperas. Já tive várias chances de ir para lá, mas nunca concretizei essa vontade. Talvez por ter uma certa dúvida sobre se a Sevilha das óperas existe no mundo real. A capa do primeiro disco que roubei da estante do meu pai quando era pequeno tinha um retrato da praça principal da cidade, na verdade o cenário do primeiro ato da ópera. Havia no centro um chafariz e, atrás, uma daquelas casas tipicamente andaluzas, com um balcão — de onde a personagem principal, Rosina, ouvia as serenatas feitas pelo conde de Almaviva. Além disso, várias portas em estilo mourisco camuflavam as diversas entradas e saídas do palco. Quando era pequeno, gostava de ficar imaginando que essas portas davam para diversos pontos da cidade, e tentava adivinhar como seriam esses lugares. Um deles seria, por exemplo, a barbearia de Fígaro, com seu ponto em forma de poste e perucas na vitrine, como está descrito no libreto. Mas, mesmo quando era criança, já sabia provavelmente que aquilo era um cenário, que a casa com sacada era de papelão, e que atrás das portas só havia maquinário e camarins. Talvez Sevilha, e o sonho de conhecê-la, continue sendo hoje, para mim, exatamente isso. Algo que sei ser um cenário de ópera estampado numa capa de disco, o que não me impede de sentir prazer imaginando as alamedas cheias de toureiros e sevilhanas que certamente existiriam atrás de cada porta mourisca.

Foi assim que aprendi a amar as óperas e a sonhar com Sevilha. Ela, a personagem principal desta narrativa, não gostava de ópera, mas conhecia a cidade andaluza em carne, osso e prédios. Que deve ser muito parecida com qualquer outra do mundo, com pessoas brigando dentro das casas e ônibus e carros disputando vorazmente o asfalto. Pensando bem, não estava tão interessado assim na Sevilha real. Logo, esse não era um motivo suficiente para que eu me sentisse atraído. O que eu gostava mesmo era das portas que dão para trás do palco, aquelas que, mediante imaginação, levam às histórias, o material de que as óperas são feitas. Narrativas eram, e são até hoje, minha verdadeira paixão. A personalidade dela não se definia apenas por odiar óperas ou conhecer Sevilha, mas principalmente por um terceiro traço: como Scherazade, sabia contar histórias. Com técnica, como os escritores. Dramaticamente, como os compositores. De maneira picante, como as mulheres. Na superfície, ela odiava o que eu mais gosto. Amávamos, no entanto, a mesma essência.

II

    Toda cidade turística vive em função de quem vem de fora. Sevilha é uma cidade turística. Podemos dividir os sevilhanos em três categorias. Os que vivem honestamente do turismo, na função de guias, operadores, funcionários de hotel, motoristas de ônibus de excursão. Os que vivem desonestamente da mesma atividade: pequenos ladrões que atacam os forasteiros, charlatães que vendem quinquilharias falsificadas, aplicadores de pequenos golpes. E os que não vivem do turismo. Estes, por sua vez, se dividem em dois subgêneros: os bem e os mal-humorados. Os últimos são os que reclamam que os que vêm de fora só servem para inflacionar o preço da cerveja nos bares. São os primeiros, no entanto, os que predominam. Os sevilhanos em geral se divertem com os turistas. Gostam de observá-los, inventariar suas esquisitices, rir deles.
    Para encontrar sevilhanos bem-humorados, vamos a uma praça, que bem poderia ser aquela da ópera Carmen, com uma fábrica de cigarros de um lado e um quartel de outro. Em um trecho da ópera, os soldados da guarda ficam observando as mulheres que saem da fábrica, das quais muitas são ciganas, das quais

uma é Carmen. Importante: eles e elas fumam. Freneticamente. Seminuas (o calor em Sevilha é escorchante), envoltas na nuvem de fumaça formada pela soma total das baforadas, elas parecem figuras de sonho, enquanto cantam: "No ar, seguimos com os olhos a fumaça, que rumo ao céu sobe perfumada. Ela sobe suavemente à cabeça, ela lhe põe a alma em festa. O doce falar dos amantes é fumaça. Seus arroubos e suas juras são fumaça. No ar, seguimos com os olhos a fumaça que sobe girando rumo ao céu".

Hoje em dia não há mais operárias nem soldados. As poucas ciganas que restaram não são atraentes nem usam uma rosa vermelha presa no cabelo. Algumas nem são ciganas. São mulheres velhas, feias, ladras, atacam os turistas em duplas: uma distrai o incauto com uma suposta leitura de mãos, enquanto a outra tenta bater-lhe a carteira. A fábrica e o quartel do cenário não existem mais, mas lá está a praça, e em seus bancos sentam-se muitas pessoas, predominantemente velhos aposentados e jovens desocupados. Que, como acontece na ópera, fumam desbragadamente — as campanhas antitabaco ainda não chegaram a Sevilha. Há alguns poucos que tentam beliscar trocados na indústria do turismo informal. A maior parte deles, no entanto, está ali simplesmente para praticar seu esporte favorito: observar. Como os soldados da ópera, eles serão muitos e predominantemente homens se, como agora, for pouco antes da hora da sesta e, como hoje, o dia em que chegam à praça os ônibus daquelas excursões em que predominam mulheres solteiras.

É meio-dia, e um ônibus acaba de chegar. Sentados nos bancos quebrados da praça malcuidada, os esportistas do olhar se concentram na observação de vários tipos geográficos e humanos diferentes. Desce do ônibus, por exemplo, uma turista de olhos puxados. De acordo com o clichê que acompanha essa etnia, gente assim se detém pouco na observação de lugares e monumentos, apenas o tempo necessário para registrar sua imagem com uma câmera fotográfica de primeira linha. Seria sua maneira de aproveitar ao máximo as férias de apenas quinze dias. Viajar seria colher recordações futuras — e o maior prazer de uma viagem viria nos meses subseqüentes, com as lembranças evocadas a cada retrato. Concentremo-nos na mulher. Ela se desliga da turma que se agrupa em torno do guia para ouvir as explicações sobre a praça — provavelmente cheias de referências ao enredo da ópera que teria se passado ali —, entra num bar com mesas na calçada e pede uma cerveja. Não tem máquina pendurada no pescoço e não parece preocupada em registrar a própria experiência em papel fotográfico. Do café onde ela está, tem uma visão panorâmica da praça. Entre um gole e outro de cerveja, ela observa cada detalhe, os bancos quebrados, os lugares de onde o quartel e a fábrica de cigarros desapareceram sem deixar vestígios, os aposentados e desocupados que teriam ido para lá, entre outras coisas, para observá-la — e que acabam sendo os observados. Um menino tenta lhe vender cartões-postais, que ela recusa delicadamente. Destoa do clichê e, portanto, é uma boa personagem. Ela sorve mais um gole de cerveja e cruza as pernas. Percebe-se que são bonitas, através do vestido curto.

 Passam-se vinte minutos, o guia já cumpriu sua função repetitiva de despejar sobre os turistas um punhado de informações duvidosas, já percorreu com eles todos os recantos da praça sobre os quais há algo a dizer. Nessas viagens, o que determina o interesse dos lugares não é a sua beleza, mas a quantidade de narrativas que o tempo imprimiu neles. Chega a hora do almoço. Os integrantes da excursão se dispersam, e é um bom momento para descobrir algo sobre cada um — melhor dizendo, cada uma. Algumas, sentindo-se assadas nos quarenta graus do verão sevilhano, voltam para o ar refrigerado do ônibus. Em vez de almoçar, contentam-se com sanduíches trazidos do hotel. Estas são as que lamentam o fato de uma viagem ser diferente de um programa turístico da TV a cabo. Gostam de ver cidades, monumentos e paisagens, mas odeiam na mesma medida o desconforto provocado pelos deslocamentos de avião, a temperatura nem sempre aprazível, o colchão do hotel que é menos anatômico do que o de casa. Os melhores momentos da viagem, para elas, são aqueles passados dentro do ônibus refrigerado; a janela por onde desfilam as paisagens é como uma tela de televisão em movimento. Há também as que correm para o restaurante recomendado pelos guias da excursão. Sabem que gastarão mais, a diferença sendo proporcional à propina dada pelo dono à agência de viagens pela indicação, mas preferem isso a perder dois ou três dias do passeio com um distúrbio estomacal. Sabem também que não saborearão a verdadeira comida típica, e sim uma versão desenvolvida especialmente para não chocar o paladar do estrangeiro, mas não se importam com isso, pois já se sentem suficientemente impregnadas de Sevilha via audição, visão, olfato e tato, dispensando o paladar. Existem, por fim, as que fazem questão desse quinto sentido, e fariam de outros mais se os tivessem. Arriscam-se nos restaurantes fora do circuito turístico querendo sabores, despendem as noites livres em tascas noturnas que não estão no guia à caça de aventuras e odores, conversam com as pessoas da cidade e as encaram firmemente em busca de olhares.

    Há um homenzinho que se destaca entre os sevilhanos nativos que observam os turistas sentados nos bancos da praça. Ele difere, primeiro, pela vestimenta. Como se não se importasse com o calor de quarenta graus, usa terno completo, com gravata. Não é uma roupa elegante. O terno é verde, tem um brasão na lapela, provavelmente de algum representante antigo da nobreza sevilhana. Parece mais integrante de uma delegação esportiva com uniforme de tomar o avião. Distingue-se também na multidão porque ele não se limita a olhar. Toma notas num bloco. Faz observações sobre as mulheres que vê. Ele é experiente nessa atividade. Onde muitos percebem uma árvore ele distingue cada folha, e é capaz de adivinhar na primavera, pela cor e posição no ramo, qual será a primeira a cair do galho no outono. Sabemos disso embora seja difícil ler as suas observações, mesmo chegando muito perto, pois são escritas em caligrafia taquigráfica, de forma extremamente sucinta, como se fosse uma espécie de código. Seu olhar passeia pelas mulheres de diferentes tipos que flanam pela praça, e a cada mirada correspondem rabiscos do lápis no bloco. Até o momento em que ele se fixa em uma que não pertence às categorias descritas antes. É uma desgarrada entre as turistas. Não age como uma, de nenhum tipo.

Trata-se de uma moça de cabelos bem pretos que, dado o sinal do almoço, senta-se num dos bancos da praça para aproveitar o começo de tarde, não como se passeasse, mas como se sempre tivesse morado em Sevilha e não se surpreendesse com o cenário em volta. De sevilhana, no entanto, não tem nada. Indiferente ao calor, usa uma calça comprida preta e uma camisa de abotoar masculina. Em seu colo, repousa uma bolsa preta grande. Tem a pele muito branca, o que salienta o vermelho da boca — embora ela use um batom de coloração muito suave —, olhos verdes e cabelo liso bem aparado na altura dos ombros. Na hora de escolher um banco da praça, opta por um debaixo de algumas árvores. À sombra providencial abre a bolsa preta e de lá tira um livro. Não é um guia turístico, mas um romance escrito em sua língua nativa. É um raro tipo de mulher que viaja sem viajar — anota provavelmente o homenzinho em sua caderneta —, carregando para onde quer que vá seu estilo de vestir, seus hábitos, como o de ler numa praça na hora do almoço, seus gostos, sua língua. Não viaja em busca de novidades, mas sim para atuar num cenário diferente e, pelo contraste, sentir-se ainda mais segura do próprio estilo.

Tipo raro, difícil de categorizar, e, por isso mesmo, um bom personagem, melhor até que a moça de olhos puxados e pernas cruzadas. Escolhas são sempre difíceis, mas, mesmo com algum pesar, o homenzinho de terno verde descarta a primeira. Enquanto observa a segunda, rabisca freneticamente em seu caderninho, como um pintor que faz um retrato de um modelo vivo. De seu lápis, em vez de traços que captam apenas a forma, saem palavras que pretendem apreender algo mais. Conclui seu retrato verbal e fecha o bloco. Levanta-se e toma seu caminho. Apesar da roupa berrante e algo anacrônica, não chega a chamar a atenção por onde passa. Em Sevilha tudo é possível. Enquanto caminha, entoa um trecho de ópera. Chegamos mais perto e identificamos a "ária do catálogo" — cavalo de batalha do personagem Leporello, criado de Don Giovanni —, aquela em que são listadas as mais de duas mil conquistas do amo. De tempos em tempos, revê suas anotações e sorri satisfeito. Se fosse personagem da ópera de Mozart, dir-se-ia que tinha boas novidades para contar ao patrão.

III

Encontrei Susana pela primeira vez quando olhava para um cartaz com uma imagem de Sevilha. Não a de carne, osso e prédios, nem aquela que só existia atrás do cenário da capa do disco do *Barbeiro*, mas uma terceira, forjada num estúdio fotográfico barato. O retrato congelava um casal no instante anterior ao beijo, de perfil, em plano americano. O homem tinha o cabelo penteado para trás com gel e sorriso de cantor de tango. Vestia um paletó dourado e segurava uma capa vermelha na mão direita, a que dava para o lado de fora da foto. A intenção, aparentemente, era que resultasse algo parecido com um toureiro, mas lembrava mais um galã de folhetim. A mulher tinha os cabelos longos e bem pretos, com uma rosa vermelha espetada neles. O encarnado da rosa era vivo, da mesma tonalidade berrante do batom dos lábios e do vestido decotado, mostrando que o lambe-lambe responsável pelo produto havia usado um filme com pouca matiz ou papel fotográfico vagabundo. Sob a foto havia um letreiro: "Sevilha — mais calor em sua vida". O cartaz estava pregado sobre uma vitrine, e atrás dela eu via Susana.

Era uma mulher que chamava a atenção. Tinha uma cabeleira enorme e preta, do tipo explodida, com envergadura para ocupar o espaço de dois travesseiros — eu teria a oportunidade de conferir depois. Na ocasião, estava presa na nuca por uma fivela, o que deixava à mostra as orelhas pequenas e os brincos grandes. O conjunto emoldurava um rosto que ficaria bem num desses retratos antigos, por causa do preto e do branco altamente contrastados — a pele contra as sobrancelhas, a córnea contra a íris bem negra. Com um pouco de maquiagem, sairia melhor na foto do que a falsa cigana do cartaz, pensei. Por causa das duas mulheres, a de papel e a de carne, resolvi entrar na loja. Um dos meus passatempos preferidos, nas horas de folga, era ir a agências de turismo que oferecessem pacotes para a Espanha e incluíssem Sevilha. Nessas ocasiões, pedia informações detalhadas sobre as excursões. Preço, duração, categoria dos hotéis, nomes das companhias de transporte aéreo e terrestre, se os traslados estavam incluídos, que língua falava o guia etc. Dava ao agente de viagens a certeza de que embarcaria. Isso nunca aconteceu. Mas eu não estava mentindo. Todas as vezes em que fiz essas cotações de preços estava mesmo disposto a viajar, freqüentemente tinha o dinheiro separado, mas sempre algum contratempo ou trabalho de última hora me impedia de ir. Naquela ocasião, de novo eu estava resolvido, e o cartaz da janela que me chamara a atenção parecia ser um sinal de que, desta vez, daria certo. Entrei. Susana — eu ainda não sabia seu nome — me mostrou aquele seu sorriso que, pródiga, oferecia tanto aos amigos próximos como às pessoas que via pela primeira vez. Sei porque, embora fizesse parte do segundo grupo, logo passaria para o primeiro.

O que me chamou a atenção em Susana, naquele contato inicial, foi seu poder hipnótico. Ela era aquele tipo de mulher que fazia um desconhecido relatar, ali mesmo na cadeira da agência de turismo, não apenas detalhes factuais de sua vida, mas também seus sonhos e segredos. Tinha consciência desse poder, e abusava. Quando sentia o interlocutor rendido a seus dotes paranormais, dava vazão vorazmente à sua curiosidade. Metralhava o ser sentado à sua frente com as perguntas mais indiscretas, mas elas não ofendiam. Vinham sempre amortecidas por seu sorriso. Ao cabo de dez minutos, nos quais era eu quem deveria torpedeá-la com questões sobre a minha possível viagem, ela já sabia detalhes sobre minha infância, meu pai e até sobre Sevilha. Senti-me no direito de também fazer perguntas íntimas, mas ela, como toda pessoa que sabe inquirir, possuía a técnica de responder sem dizer nada. De um lado, essa sua evasividade me deixava tranqüilo. Ela não sairia por aí vertendo as intimidades que eu lhe contara. De outro, acendeu em mim uma vontade irresistível de me aproximar dela, até me tornar confiável e poder compartilhar de suas histórias. Ela deveria ser depositária de vários segredos.

Despertar a curiosidade, como se sabe, é uma das molas mestras da sedução feminina. A masculina pode ser bem mais óbvia: flores, bombons, presentinhos, quinquilharias que eu despejaria sobre Susana nos dias seguintes. Ela retribuía me deixando cada vez mais curioso. Num dos encontros, contou como funcionava a agência para a qual trabalhava. Cobrava preços mais caros do que a média, mas em troca dava ao cliente a viagem de seus sonhos. Como isso era possível? Ao chegar lá, o turista respondia a uma espécie de teste sobre o que esperava de uma viagem. O questionário incluía uma pergunta curiosa. Se se envolvesse com alguém durante a excursão, como ele/a seria? A pergunta era cabível porque o grosso da clientela da agência era formado por homens e mulheres livres. Elas eram maioria. Os dois sexos, em média, davam respostas diferentes a essa questão específica. Os homens costumavam ser mais claros e diretos. Descreviam fisicamente o tipo de mulher que queriam encontrar e solicitavam que a agência providenciasse alguém assim no porto de destino. Já as mulheres que procuravam a agência, em sua maioria — havia exceções, é claro — teriam horror a sexo pago, e a idéia de que desembarcariam num lugar com tudo previamente arranjado as chocaria. Prefeririam acreditar-se seduzidas por méritos próprios ao viajar para um destino exótico. O fato de isso poder ou não acontecer as excitava. A agência apenas se encarregava de escolher o lugar do mundo que tivesse mais a ver com a personalidade de cada uma.

Susana aguçou a minha curiosidade ao contar que era ela, por sua habilidade em extrair confidências alheias, a encarregada de perscrutar a personalidade de cada cliente. Multiplicou-a por mil ao revelar que muitas voltavam e contavam a ela o desfecho de suas histórias. E potencializou-a ao infinito ao dizer que várias eram encaminhadas para Sevilha, daí a razão do cartaz pregado na vitrine. Quando perguntei se a agência contratava sedutores profissionais para realizar as fantasias de suas clientes, ela riu enigmaticamente e manteve-se em silêncio por alguns instantes. Depois respondeu dizendo que isso seria impossível — pela simples e boa razão, provocou, de que as mulheres teriam desejos mais sofisticados do que os homens. Não se tratava de fornecer apenas o tipo físico predileto, mas também aquele número mínimo de fantasias necessárias para acender a libido feminina. Ou seja, alguns milhares. Tantas que um simples profissional do sexo, por mais profissional que fosse, não seria capaz de dar conta.

Em poucos dias eu estava totalmente à mercê de suas histórias incompletas. Ela havia excitado uma das partes mais sensíveis do meu ser — a imaginação. Senti-me um pouco aliviado quando numa noite, depois que lhe contei sobre meu trabalho, ela disse com convicção: "Eu odeio ópera". Dei graças aos céus. Estava salvo. Por mais que ela me fascinasse, não seria capaz de me apaixonar por uma mulher que desprezava o que eu amava. Ela, por seu turno, não ficaria com um homem que tinha escolhido como profissão algo que ela própria abominava. Partimos, então, para o maior grau de intimidade que pode ser desfrutado por um homem e uma mulher, que é o sexo desprovido da ilusão de eternidade.

Eu, claro, não perdi de vista meu objetivo: suas histórias. Lembrei-me de que amar não deixa de ser uma forma de comércio. Nos tempos da galanteria, eu aprendera na ópera, o preço era conhecido. Aproximar-se custava uma serenata sob o balcão. O preço da paixão eterna era ter a coragem de raptá-la do castelo. Nos dias de hoje, no entanto, cada mulher usa uma moeda diferente. Qual seria a de Susana? Não foi preciso pensar muito para chegar a uma conclusão: seriam as histórias. Ela trocaria as dela pelas minhas. Isso me gerava um problema. Não tenho aventuras próprias, pois minha vida se resume em bater ponto e cantar no coral. Também não possuo, ao contrário dela, o talento para vampirizar narrativas alheias via hipnotismo. Essa falta de ter o que contar me atormentou alguns dias, até que me lembrei de minha infância, da capa do disco do *Barbeiro de Sevilha*, do cenário da praça, das portas mouriscas e do que havia por trás delas. Todas as histórias estavam ali. Susana não gostava de óperas, e portanto não as conhecia. Eu possuía, assim, uma imensa reserva de narrativas inéditas para ela. Numa noite, depois do sexo, comecei a contar sobre a prostituta parisiense que se apaixonara por um homem da alta sociedade, que renunciara ao amor por causa de intrigas urdidas pelo pai dele, um sujeito preconceituoso, e que ambos — pai e filho — ficaram cheios de remorso quando ela morreu tuberculosa. Menti, dizendo que havia ocorrido com um amigo meu. O brilho dos olhos de Susana, no escuro do quarto, denunciou que finalmente eu havia encontrado a chave do cofre. Ela disse ter achado a minha narrativa muito triste, e que conhecia outra, da vida real, mais divertida, também envolvendo uma prostituta. História puxa história. Eu me sentei na cama para ouvir.

IV

Não sabemos o nome do homenzinho de paletó verde que encontramos na praça. Vamos batizá-lo, então, de Criado. Depois de abandonar seu posto de observação, ele toma um ônibus. O transporte coletivo em Sevilha é moderno, os veículos são computadorizados, emitem o troco exato qualquer que seja o valor depositado em suas catracas. São confortáveis, claros, construídos segundo um design de linhas arrojadas. O Criado de terno fora de moda contrasta com essa modernidade toda como um personagem em preto-e-branco incluído, por trucagem, num filme colorido. Mesmo assim, ao sentar-se num banco ao fundo, não é importunado por ninguém. Os estudantes de boné, bermuda e camiseta, em pé ao lado da porta, continuam discutindo futebol e basquete. O homem de gravata combinando com o terno, que lê o jornal enquanto se dirige para o trabalho, nem sequer se desvia do suplemento econômico.

Já acomodado, o Criado revisa as próprias anotações. Em cerca de quinze minutos, o ônibus chega a uma avenida cheia de prédios. É nela que se concentram os escritórios das grandes empre-

sas multinacionais. São arranha-céus com esquadrias de alumínio e vidro fumê, refletindo ferozmente a luz do sol escaldante da Andaluzia, a ponto de temermos que um incendeie o outro numa projeção de raios em cadeia. Logotipos de companhias penduram-se em cada andar, como bolas de Natal. É nesse bairro que o Criado salta. Já fora do ônibus, caminha três quarteirões na avenida e entra na quarta transversal. Nesta, os prédios são mais baixos, mas igualmente arrojados arquitetonicamente. Abrigam butiques. O Criado olha o relógio. Está atrasado. Para cortar caminho, resolve atravessar o cemitério. Muitas vezes recorre a esse desvio. Talvez até saiba, inconscientemente, a ordem das lápides. Como sempre, só interrompe o passo apressado diante do mausoléu de um velho comendador. Sobre o túmulo há uma estátua de mármore empunhando uma espada. O Criado não sabe se é uma alusão a uma provável morte num duelo ou se o escultor resolveu transcrever para a linguagem da pedra a mensagem tenebrosa gravada na lápide: "Espero aqui a vingança contra o ímpio que me levou ao túmulo". Em posição de guarda, como se fosse atacar quem passa em frente ao mausoléu, a estátua é realmente assustadora. Passando-se por ela, logo se chega à porta dos fundos do cemitério. Bem atrás está o destino do Criado. É uma casa em estilo mourisco, construída de acordo com os cânones da arquitetura andaluza tradicional. É lá que ele entra. É lá que mora o seu patrão.

O homem que mantém o Criado sob contrato trabalha no ramo da mentira. Por causa disso, iremos chamá-lo de Burlador. Dentro da casa, como se espera numa construção sevilhana tradicional, existe um pátio. Enquanto o atravessa, o Criado procura, no bolso do casaco, a chave do escritório. Todos os cômodos da casa têm porta e janela dando para o pátio central. Todas ficam abertas, para que o ar circule melhor nas tardes quentes de Sevilha. Menos as do escritório. Porta e janela ficam trancadas. Apenas o

Burlador e seu Criado têm a chave. Há outros empregados, mas a todos é vedada a entrada naquele cômodo. É para lá que o Criado se dirige, e nós o acompanhamos. Ele gira a chave, abre a porta e entra. A uma primeira olhada, parece mais uma biblioteca do que qualquer outra coisa. Há estantes nas quatro paredes. Todas estão cobertas de livros do chão ao teto. Vê-se, pela qualidade das lombadas, que se trata de encadernações luxuosas. Apenas em uma das prateleiras não há livros. Em vez deles, há pastas daquelas de elástico, todas de cor laranja. É para essa prateleira, na parede oposta à porta, que o Criado se dirige. Pega uma das pastas, em cuja capa se lê um número: "1300". Ele a abre e retira de lá um papel com uma lista datilografada. O Criado checa item por item e depois toca uma campainha que está sobre a escrivaninha no centro da sala. A campainha é do tipo antigo, em forma de sino. A escrivaninha é um móvel de mais de cinqüenta anos, com uma tampa de madeira corrediça, parecida com as que se usavam antigamente nas redações de jornal. O Criado espera que alguém atenda ao seu chamado. Enquanto isso, examinemos os outros móveis existentes na sala. A escrivaninha, como já se disse, fica bem no centro, e nela, além da campainha, há um computador. À direita, há uma mesa grande, dessas próprias para banquetes, ocupando quase toda a extensão da sala. É um móvel de madeira rústico, sem nenhum entalhe, sem toalha. No momento, não há nada sobre ele. Do lado esquerdo, há um divã. Quem se deita nele fica de frente para a prateleira das pastas laranja. Num dos cantos, há um velho porta-chapéus com um espelho — grande, oval, no qual é possível ver o corpo inteiro.

Em poucos segundos, aparece um outro serviçal. Como o Criado, ele se veste com um terno fora de moda, de cor acinzentada, com o mesmo brasão na lapela. Percebe-se que o Criado tem patente mais alta na hierarquia da casa porque é ele quem dá as ordens.

O empregado ouve atentamente, pega a lista e sai. Chamaremos este novo serviçal de Contra-Regra, por razões que ficarão claras a seguir. À sua saída, o Criado esfrega as mãos e vai até o computador. Senta-se à escrivaninha, liga a máquina, tira do bolso o bloco e o coloca sobre a mesa, ao lado do mouse. Examina as próprias anotações e se põe a datilografar. Postando-se atrás de seu pescoço, é possível ler algumas das coisas que escreve. Está claro que se trata de uma compilação das impressões tomadas na praça. Na ocasião, lembremos, elas estavam notadas em linguagem taquigráfica e era difícil ler. Agora que estão na tela do computador podemos matar nossa curiosidade. O texto faz referência à mulher que trocou o almoço e o passeio pela leitura. Assim como não sabemos o nome do Criado, e inventamos para ele uma designação genérica, ele também não sabia o nome da mulher, e a chama apenas por uma peça do vestuário: Bolsa Preta. Algumas frases pinçadas do texto que o Criado está escrevendo: "Não quer comida típica, não quer visitar lugares típicos; logo, não quer conhecer homens típicos". Outra: "Lê um livro em sua língua. Um clássico, 'Werther'. A maior parte das pessoas que viajam gosta de ler best-sellers. Ela, não. Pode significar três coisas. Ela se preocupa com o próprio aprimoramento cultural, é extremamente romântica ou está sem dinheiro e comprou um desses clássicos de liquidação". Depois de enfileirar várias observações como esta, arremata: "Sugiro vestir roupas sóbrias e levá-la a um lugar onde haja bons livros".

Aparentemente satisfeito com o que acaba de escrever, o Criado salva o texto e aperta o botão de imprimir. Do outro lado saem três folhas de papel ofício. O empregado abre uma das gavetas da escrivaninha antiga e retira de lá um grampeador. Junta as três folhas. Abre outra e pega uma pasta laranja, igualzinha às que estão na prateleira da parede da frente, e uma etiqueta. Escreve nela "1301" e a cola na pasta. Guarda lá dentro as três páginas que acaba de imprimir e junto com elas um folheto da agência de viagens que organizara a excursão, contendo a agenda dos passeios programados. Fecha a pasta e a coloca na prateleira junto com as outras.

Nesse momento, o Contra-Regra retorna carregando várias sacolas. O Criado as pega e as coloca sobre a mesa de banquete que está à esquerda da escrivaninha com o computador. Ele abre as sacolas e deposita os objetos sobre a mesa. Há um velho cartaz de corridas de touros, desses que se compram em lojas de lembranças, e sobre os quais se pode aplicar o nome do turista no espaço destinado ao toureiro; uma capa vermelha toda puída; velhos retratos de uma família qualquer; discos de 78 rotações com música andaluza tradicional. O Criado vai até a prateleira, retira de lá a pasta com o número "1300" e coteja cada item da lista com os objetos dispostos sobre a mesa. Assim como a da "1301", a mulher da pasta "1300" é designada por um apelido: Lenço Azul. Dentro dela há também um folheto turístico. O Criado o examina e faz uma cara de susto, como se tivesse acabado de lembrar um compromisso importante. Fecha a pasta, guarda-a novamente na prateleira, desliga o computador, dá uma última organizada nos objetos da mesa — nota-se que é um homem meticuloso, desses que não gostam de sair de um lugar deixando um rastro de bagunça atrás de si — e sai do escritório, sem esquecer de trancar a porta e guardar a chave no bolso.

Pouco depois de atravessar o cemitério, o Criado já está novamente na rua, naquela avenida que margeia o rio Guadalquivir. Observa, de um lado, os carros e ônibus que passam em ritmo frenético e, do outro, os pescadores que, indiferentes ao trânsito, apanham peixes que igualmente não se incomodam com o barulho. Seguindo pela avenida, o Criado chega à praça dos Touros. É dia de corrida. Compra numa banca um maço de mata-ratos e um jornal do dia. Acende o cigarro, coloca o jornal debaixo do braço e vai para a rua onde estacionam os ônibus das excursões. Fica fumando tranqüilamente até chegar o coletivo com o logotipo esperado. Os turistas que descem são, em sua maioria, mulheres. O Criado se mistura a elas e, juntos, entram na arena. Na arquibancada, cuida para sentar no meio das moças. É possível notar que está de olho em uma delas em especial. Observador traquejado, consegue ser discreto mesmo sem usar óculos escuros. A mulher em questão traz um guia turístico aberto numa página onde há um glossário com expressões de tourada e faz anotações, a lápis, nos espaços em branco. O Criado abre o jornal e começa a lê-lo. Não para se esconder — o truque mais manjado entre os detetives particulares de anedota —, mas para ver as atrações do dia. É, ele próprio, um amante das touradas. Consegue vibrar a cada lance sem perder de vista a sua presa. Observa que, após a leitura de um pequeno glossário, ela já entende razoavelmente o que acontece e vibra também. Quando o espetáculo termina, chega ao ponto de tirar o lenço azul que trazia no pescoço para acenar ao matador, segundos depois de ele pular entre os chifres do bicho e cravar-lhe a espada, encerrando a corrida.

À noite, lá está o Criado de volta ao escritório. Ele puxa da memória do computador o texto sobre Lenço Azul e faz acréscimos. Alguns deles: "Ela não entende de touradas. Precisou recorrer ao guia para acompanhar o espetáculo. Não é preciso caprichar tanto na camuflagem. Não é também para descuidar. Ela aprende rápido". Outra: "Ao contrário do que acontece com a maior parte das estrangeiras, não sente pena do animal nem se horroriza com o espetáculo sangrento. Será sádica, insensível, ou encara, como nós, a morte como um jogo?". Revisa o relatório, aperta o botão de imprimir e substitui, na pasta "1300", a versão velha pela nova. Consulta novamente o folheto da agência de turismo e devolve a pasta ao arquivo. Depois, retira da gaveta da escrivaninha uma agenda de capa preta. Abre na página do dia seguinte. Anota: "Quatro da tarde: visita ao museu de tauromaquia". Coloca a agenda, aberta nessa página, sobre a mesa dos badulaques. Sai do escritório e atravessa o pátio central em direção ao seu quarto. De lá, olha para o quarto do Burlador. Ainda às escuras. Ele não voltou para casa. O Criado não precisa esperar. Ele não bate ponto. Já deixou no escritório pistas suficientes de que trabalhou bastante naquele dia. O bom serviçal é aquele que permanece invisível enquanto seu trabalho aparece.

V

Viajar sozinho é como entrar num palco. O lugar ao qual acabamos de chegar é o cenário, que nos ajuda a acreditar que não somos nós mesmos, e sim personagens. As pessoas que eventualmente encontramos contribuem para isso. Como nunca as vimos antes, elas acreditarão em qualquer coisa que dissermos sobre nós mesmos, quaisquer aventuras que digamos ter vivido em outras terras, desde que sejam minimamente verossímeis, como devem ser as boas mentiras. Era essa a teoria de Susana sobre por que tantos dos clientes de sua agência viviam coisas fora do comum quando viajavam. A primeira história que ela me contou, naquela noite, ilustrava à perfeição essa tese. O bom narrador não se preocupa tanto com o relato objetivo. O enredo é apenas o pretexto para demonstrar uma idéia, ou extrair uma moral, ou apenas ver a cara de espanto do ouvinte com o final surpreendente — toda boa trama tem um, senão não seria. Exposta a moral da história de Susana, passemos ao que interessa — o enredo, e seu final surpreendente.

Apesar de Susana ter se lembrado do caso a propósito da trama de *La Traviata*, que eu lhe contara, sem citar a fonte, na noite anterior, a personagem em questão tinha pouco da Violetta Valèry da ópera. Chamava-se Gilda (como a de *Rigoletto*), não era tuberculosa nem havia, até onde se sabe, terminado um namoro por oposição da família do pretendente. As duas possuíam em comum apenas a profissão — eram prostitutas — e a circunstância de serem extremamente bem-sucedidas no ofício. A Violetta da ópera tinha clientes na corte e por isso vivia num palácio. A Gilda dos tempos atuais freqüentava aquelas boates caríssimas nas quais grandes empresários torram a mais-valia, esportistas gastam o prêmio por suas vitórias e políticos fazem mau uso do dinheiro público. Com o passar do tempo, fixou sua clientela em seis ou sete fregueses altamente selecionados, a quem deu o número do mais secreto de seus três telefones celulares, o que ficava ligado fora do horário comercial. Com eles, ganhava o suficiente para ter uma vida confortável. Todos reclamam de seu emprego, mas Gilda era uma pessoa de bem com seu ofício, embora ele seja tão discriminado hoje quanto nos tempos de Violetta Valèry. Trocava de carro a cada seis meses, usava jóias e roupas caras e tirava dois meses de férias por ano. Não que gastasse tudo o que ganhava. Gilda sabia que sua beleza exuberante — cerca de um metro e setenta e cinco de altura, corpo longilíneo de modelo fotográfico, cabelos pretos lisos e olhos verdes, na descrição de Susana, parcimoniosa como as mulheres costumam ser nos retratos que fazem de outras, principalmente quando são bonitas —

não duraria para sempre. Economizava para o futuro. Tinha até planos.

Foi num mês de janeiro que Gilda procurou a agência de Susana pela primeira vez. Era sempre na época de férias escolares que viajava. Primeiro porque era nesse período que seus clientes, a maior parte casados, retiravam-se com a família para a casa na praia ou na montanha, ou para uma temporada de esqui, dependendo de quanto o ano anterior fora rendoso para cada um. Segundo, porque a própria Gilda era também uma estudante. Ela fazia faculdade e, segundo contou a Susana, pretendia seguir carreira acadêmica quando se aposentasse da noite. Seu modelo era uma professora da universidade que, na juventude, também vivera da prostituição. Por conta desse projeto, Gilda guardava parte do dinheiro que ganhava numa aplicação financeira. Seu sonho era poder subvencionar, no futuro, cursos de pós-graduação no exterior, sem precisar depender de bolsas de estudo. Invariavelmente, ela dedicava (dedica, melhor dizendo — imagino que até hoje faça isso) parte de suas viagens de férias a fazer contatos em universidades estrangeiras. Visita departamentos de pós-graduação, conversa com professores — que sempre impressiona, pois, além de bonita, é culta e fala línguas — e anota endereços e e-mails. Ela gosta de se sentir capaz, nas viagens, de seduzir sem precisar apelar para os truques de sua profissão, os decotes ousados, as maquiagens carregadas, as frases de duplo sentido. Fazer sexo sem precisar cobrar é sempre uma vitória para ela.

Nas duas ou três vezes em que procurou a agência, Gilda pediu para fazer o teste regulamentar, embora soubesse exatamente para onde queria ir. Como toda leitora de revistas femininas, ela sabia manipular as respostas para chegar ao resultado desejado. Dinheiro não era problema. Viajava sempre pelas melhores companhias aéreas, fugia das tarifas promocionais por saber que sempre embutem algum tipo de desconforto, como escalas a mais ou longas esperas em aeroportos. Pedia para Susana reservar quartos em hotéis cinco estrelas. Viajante de começo de ano, escolhia preferencialmente destinos no hemisfério norte. Na opinião de Susana, isso acontecia porque com o frio era obrigada a andar vestida. Observação venenosa mas com um fundo de verdade, pois Gilda tinha bom gosto para comprar roupas discretas que raramente eram necessárias no cotidiano de sua profissão, e que também não poderiam ser usadas no dia-a-dia informal da faculdade. Às vezes, por intermédio da universidade onde estudava, conseguia contatos para cursos de férias. Gilda, como muitas das clientes da agência, procurava Susana em dois momentos. Antes da viagem, para fazer as reservas e ouvir as sugestões, e depois, para contar as próprias aventuras.

 A agência, a exemplo de várias outras do mesmo nível, distribuía um formulário aos que voltavam de viagem, pedindo que atribuíssem notas a hotéis, restaurantes e companhias aéreas. Esses dados ficavam guardados num arquivo e, em alguns casos, eram levados em consideração. Ninguém era obrigado a devolvê-los, mas o índice de formulários respondidos era surpreendentemente alto. Talvez porque pessoas adorem opinar, emitir julgamentos sobre qualquer coisa. Os que haviam tido êxito em suas excursões faziam questão de entregá-los pessoalmente e aproveitavam para narrar também suas aventuras. Faziam isso com gosto. A melhor coisa de uma viagem é contá-la, omitindo as coisas ruins e glamourizando as boas. Susana, por dever de ofício e por prazer, ouvia as histórias e incentivava as gabolices. Esse truque auxiliava em seu famoso poder hipnótico. Com alguns clientes chegava a desenvolver uma certa amizade. Em especial mulheres, já que entre elas a cumplicidade é uma maneira de exercer o espírito competitivo. Aproximam-se para narrar suas histórias e comparar com as que ouvem da outra. Profissional, Susana não entrava nesse jogo. Apenas ouvia. Era seu trabalho e sua diversão.

Gilda foi uma das que se aproximou. A prostituta que queria virar professora falou pouco sobre os contatos acadêmicos que fez e muito sobre sua tática para seduzir homens — confidências que mulheres adoram fazer, da mesma maneira que milionários escrevem livros sobre como ganhar dinheiro, ou seja, omitindo os detalhes principais. Era, claro, uma tática bem mais sutil do que a empregada em sua vida profissional. Possuindo, em geral, conhecimento da língua do país ao qual chegava — filha de uma família de classe média, Gilda estudara em bons colégios e aprendera noções básicas de alguns idiomas —, ela pedia informações aos homens interessantes que encontrava pelo caminho. Até que um deles, mais ousado, a convidasse para um café, seduzido por sua beleza ou pela curiosidade. Ela nunca tomava a iniciativa, e era essa a graça do jogo. Pelo rosto, pela maneira de andar e até por sua experiência anterior com a espécie, quase podia adivinhar qual iria avançar, e fazia apostas consigo própria. Boa de conversa, ela falava sobre vários assuntos e era discreta sobre o que fazia em seu país de origem. Perguntada sobre isso, dava respostas vagas, como "professora" ou "comerciante".

Alguns desses encontros terminavam no quarto do hotel, outros não. Embora trabalhasse cotidianamente com sexo, não achava que essa arma, usada virtuosisticamente, fosse a mais adequada para cativar alguém da forma que ela queria. O importante, em seu jogo, era fomentar aquele desejo que surge do mistério e da distância. Aos que a abordavam, ela dava o mistério na forma vaga com que falava da própria vida. A distância viria depois, quando ela voltasse a seu país e se tornasse apenas um endereço de e-mail. Receber, de quando em quando, a carta de um admirador era um antídoto contra o cotidiano cínico de sua profissão. A maior parte dessas correspondências ia murchando com o tempo, até sumir por completo. É que a mesma distância que atrai num primeiro momento acaba por boicotar a afeição quando é duradoura. Gilda talvez tivesse a esperança secreta de que algum desses correspondentes se mantivesse na ativa por pelo menos doze meses. Aí, ela voltaria a vê-lo nas férias seguintes, depois ano após ano. Teria um lugar favorito para suas viagens, não precisando mais recorrer aos palpites da agência de Susana. Torcia para que esse lugar tivesse uma boa universidade. Aí, teria para onde ir quando começasse sua segunda vida.

Nunca nenhuma dessas correspondências se mantivera durante muito tempo, mas Gilda torcia, segundo confidenciou a Susana, para que o homem que conhecera na última viagem, realizada atipicamente num verão, continuasse escrevendo. Mais do que nas outras vezes. Era um sujeito ainda mais evasivo do que ela, que se esquivava de suas perguntas com a elegância de um toureiro. Quando se despediram, antes que ela desse um endereço eletrônico, ele deu o dele. Nas primeiras cartas pela internet, ela insinuou várias vezes — nunca havia feito isso antes — que gostaria de ir a sua cidade num feriado prolongado, mas ele a desencorajava. Estava sempre em viagem de negócios. Seria casado? Estava chegando de novo o período das férias e Gilda hesitava em voltar, pela primeira vez, ao mesmo lugar. Nas conversas com Susana, dizia estranhar a si própria por agir assim. Será que era por que encontrara alguém que, finalmente, a fizera provar o próprio remédio, prescrevendo-lhe doses exatas de mistério e de distância? Lamentava-se porque os homens que seduzira nos últimos anos nunca tinham ficado obcecados por ela do modo como Gilda se sentia agora, em relação a um quase desconhecido. A futura professora teorizava sobre isso. Ela achava que a curiosidade é igual nos dois sexos, mas nas mulheres é mais persistente.

VI

Eram sete horas da manhã do dia seguinte quando o Burlador chegou ao escritório do lado oposto do pátio. Girou a chave cantarolando um trecho de ópera: "Notte i giorno faticar/ Mangiar mal e mal dormir", para ele o prefixo de um dia de agenda lotada. Em qualquer profissão, antes de iniciar o trabalho, é necessário livrar-se dos afazeres burocráticos. Primeiro, o Burlador leu o jornal. Começava sempre pela última página. Depois, ligou o computador para checar os e-mails. Não havia nenhum à sua espera, o que é um pouco frustrante, mas isso o liberava para a parte mais divertida de seu trabalho, a sua essência — a burla propriamente dita. Não que escrever — uma carta, um livro, e-mails — não fosse também um tipo de burla, aliás das mais sofisticadas, por mexer com a imaginação. Mas nada se comparava ao prazer de atuar. Olhou a mesa longa no canto do escritório. A fantasia já estava devidamente arranjada. Examinou a agenda. Era dia de espetáculo. O show tinha até hora marcada para começar. "Quatro da tarde, visita ao Museu de Tauromaquia", estava anotado na página relativa àquele dia. A caligrafia redonda do Criado brilhava, para ele, como o letreiro luminoso de um teatro anunciando uma peça na qual ele seria o ator principal.

O Burlador despiu, então, o roupão. Completamente nu, examinou o traje escolhido para a função daquela tarde. Seguindo fielmente as suas instruções, o Criado havia providenciado uma camisa de linho branco, justa; calça preta, igualmente apertada, com cintura um pouco alta; e sapatos com saltos um pouco mais altos do que o convencional. Eles dariam um leve toque de bailarino de flamenco. Examinou-se em duas versões no espelho oval do porta-chapéus: com e sem o sombreiro de aba larga que ele próprio tinha encomendado, com base no relatório segundo o qual ela gostava de coisas típicas. Dispensou-o, por considerar um excesso de caracterização. Não é necessário se preocupar com o ridículo quando se anda pelas ruas de Sevilha, uma cidade onde tudo é possível, mas é preciso estar atento aos exageros quando se encontra uma mulher. Elas lêem os trajes como se fossem palavras. Afetação nas roupas soa como expressões rebuscadas. Quem as emprega, elas sabem, é inseguro ou mentiroso. Jogou a cabeleira para trás e pensou que com um pouco de gel resolveria o problema. Feita a prova, tirou a fantasia, arrumou-a com cuidado sobre a mesa e vestiu novamente o roupão. Era a hora de fazer alguns arranjos na decoração.

Da sala da casa, no lado oposto ao escritório, o Burlador tirou alguns quadros e, no lugar deles, pregou os falsos pôsteres, já emoldurados, de corridas de touros. Não era preciso mexer nos móveis, todos de estilo clássico, o que convinha ao cenário. Para dar um toque final, ele tirou uma escultura de cima de uma cômoda, e no lugar dela depositou a espada enferrujada. A capa vermelha ficaria guardada numa gaveta, esperando o momento certo. Tudo arrumado, chegou a hora do almoço. A comida era leve, pois o dia estava quente e uma indigestão poderia comprometer tudo. Basicamente saladas acompanhadas de vinho branco e rosé. À saída da mesa, ele orientou um dos empregados sobre o menu do jantar. Pediu algo como tortilha de batatas e outros pratos típicos. Na hora da sesta, o Burlador se recolheu ao seu quarto. Saiu de lá às três da tarde. Meia hora depois já estava paramentado, pronto para ir ao local do encontro. Talvez esta não seja a palavra adequada, pois encontro pressupõe um acordo entre duas pessoas. Neste caso, apenas o Burlador tem um horário agendado. A outra parte, no caso uma mulher, pensará que foi algo fortuito. Uma das grandes vantagens da arte da burla é exatamente esta. Poder planejar o acaso com alguma antecedência.

Estamos, então, no Museu de Tauromaquia, esperando o Burlador. É um prédio cheio daquelas relíquias fáceis de falsificar — embora não se esteja afirmando aqui que sejam realmente falsas. Espadas que supostamente pertenceram a matadores famosos, contendo ainda partículas do sangue coagulado de touros bravos. Capas vermelhas puídas pelo tempo. Roupas douradas, galões, cintos igualmente em mau estado, leques que foram de princesas e rainhas ainda avermelhados do saibro da arena. O que faz duvidar da autenticidade de tais relíquias é que os amantes de touradas da cidade não freqüentam o museu. Em contrapartida, na frente do prédio — onde um imponente touro esculpido faz pensar que se trata de uma churrascaria — estão estacionados dezenas de ônibus de turismo. Um deles é o mesmo que no dia anterior levou um público predominantemente feminino para a arena. Entre as mulheres que dali saem, vamos nos deter, mais uma vez, na morena de Lenço Azul. Enquanto o Burlador não chega, é possível observá-la melhor. Não possui estatura elevada, mas o porte a faz mais alta. Os cabelos negros são um pouco ondulados e aparados pouco acima do ombro. O mesmo lenço que ontem funcionava como uma echarpe está hoje amarrado na cintura, ajudando a tornar o vestido ainda mais justo nessa região do corpo. O truque do lenço deixa as curvas mais pronunciadas e a ondulação, ao andar, mais provocante. Ela se vira e é possível observar o rosto moreno, de maçãs avermelhadas e boca protuberante. Quando ri — como agora, ao ouvir um comentário possivelmente indecente de uma colega de excursão, que faz meneios obscenos em frente a uma das espadas em exposição —, a boca, pequena quando fechada, rasga o rosto quase de um canto a outro.

Em pouco tempo, Lenço Azul se distancia das outras colegas, ficando para trás. Ela se detém no exame detalhado de cada capa e cada espada, lê todos os textos explicativos e toma notas em um caderno grande. Embora absorta nessas anotações, é claro que ela pára para olhar quando um homem magro pega uma das espadas expostas — era permitido tocar em todos os objetos, mais um indício de que o museu é fajuto, estando mais para parque temático — e começa a examiná-la detalhadamente. Primeiro, passando o dedo na lâmina, como que para verificar o fio. Depois, aproximando os olhos do monograma gravado no punho. Lenço Azul se aproxima enquanto ele ainda olha, com ar absorto, as iniciais gravadas na espada, como uma criança que fixa o olhar ao contemplar um objeto que vê pela primeira vez para apreender sua forma e incorporá-la ao próprio repertório de imagens. Está tão distraído que, aparentemente, nem nota a aproximação de Lenço Azul. Quando ela finalmente lhe dirige a palavra, já está com a boca perto de seu ouvido: "Lembra-lhe algo?". Ele se afasta um pouco, como se de repente despertasse de um transe, faz uma pausa dramática e responde: "Era do meu avô".

Não é difícil adivinhar o teor dos diálogos que se seguiram, primeiro dentro do museu, comentando algumas das peças, depois durante um café na confeitaria do outro lado da rua e, finalmente, já na sala de visitas da casa do Burlador. Versavam, claro, sobre touradas, histórias de heroísmo do passado, tradições andaluzas. Em geral, ela era a entrevistadora e ele, o entrevistado. As horas seguintes passaram rápido, até que a noite caísse, por volta das dez, pois era verão. O escuro era a senha para acender a luz difusa, colocar um CD de música típica, oferecer tortilha de batatas com presunto do campo e alguns copos de vinho com tapas. O Burlador mostrou cada cômodo da casa ampla que tinha o charme de ser típica — menos, claro, aquele do qual só ele e o Criado possuíam a chave. Logo depois, de volta à sala, a espada enferrujada e a capa puída, iguais a tantas outras contempladas à tarde no museu, serviram de mote para várias e emocionantes histórias sobre o suposto ancestral do Burlador, cujo nome, aliás, estava estampado no cartaz emoldurado. Experiente, ele improvisava os enredos, respondendo habilmente a cada pergunta — curiosa, ela fazia muitas — e não se contradizendo diante de questões embaraçosas, como o fato de as iniciais gravadas no punho da espada do museu não corresponderem ao nome impresso no cartaz da cômoda. A explicação acabou por motivar mais uma boa história — por superstição ou vergonha, o matador teria trocado de nome após uma corrida malograda, em que quase perdera a vida no chifre de um touro.

Era improvável que o Burlador tivesse tido algum antepassado toureiro. Mas bem poderia: muitos de seus conhecidos descendiam de famílias de matadores de Sevilha, e as histórias que sabia sobre esse assunto vinham impregnadas de realidade. Ou daquele imaginário coletivo expresso na ária: "De repente, faz-se silêncio. Ah, o que está acontecendo? Mais gritos, é o momento! O touro se lança aos saltos dentro da arena. Ele entra, fere, um cavalo rola, arrastando um picador. 'Ah, bravo, touro', urra a multidão. O touro vai. O toureiro vem e o fere. Sacudindo as bandarilhas, cheio de furor, o touro corre. A arena está cheia de sangue. Todos *escapam, pulando as cercas. Restou apenas ele. É a vez do toureiro, em guarda! Sim, toureiro, em guarda! Imagina bem, enquanto combates, que olhos negros te espiam. E que o amor te espera". As descrições do Burlador eram menos poéticas e mais objetivas. Ele contava apenas o que interessava, sem se prender a detalhes, a não ser que ela perguntasse. Por experiência, sabia que as mentiras devem ser sucintas. Caso se alonguem, o interlocutor suspeita de invenção prévia. Deve ter sido bem-sucedido, porque na manhã seguinte ela acordou com a sensação de ter passado a noite com um andaluz inacreditavelmente típico. E ele ficou pensando se voltariam a se ver ou se já era o caso de anotar, na pasta destinada a ela, o que se passara. O Burlador tinha o hábito de registrar todas as suas experiências, mas somente depois que elas terminavam. O papel é o sepulcro das boas histórias e dos bons personagens — mas, como ocorre com as pessoas de carne e osso, não se pode enterrá-los sem ter a certeza de que estão bem mortos.*

VII

Na manhã seguinte àquela em que Susana me contou a história de Gilda, fiquei sabendo que havia sido escalado para uma ópera. Numa montagem de *O barbeiro de Sevilha*, que seria levada dali a algumas semanas no Teatro Lírico, eu iria participar do coro. Isso significava desempenhar, basicamente, dois papéis. Logo no começo da ópera, seria um dos músicos que acompanham o conde de Almaviva no momento em que ele faz uma serenata para a sua amada, Rosina. No final do primeiro e do segundo atos, interpretaria um dos soldados que sempre aparecem nos libretos no auge da confusão para botar ordem nas coisas. Pode parecer frustrante, para alguém que, como eu, dedica a vida à ópera, ter a oportunidade de entrar em cena apenas em papéis secundários. Mas há vantagens. Ser integrante do coro é, entre outras coisas, menos arriscado. Quando um solista erra, todos percebem. Já o coadjuvante pode se esconder na massa sonora.

Já sabia desde a adolescência que estaria longe dos papéis de mocinho. Quase todos eles são para tenor. Eu sou baixo baritonado, e a eles costumam caber, nas óperas, as vozes dos velhos e dos vilões. Heróis trágicos como o Cavaradossi da *Tosca*, sedutores como o duque de Mântua de *Rigoletto*, nobres que podem tudo, como o próprio conde de Almaviva — todos papéis que fazem suspirar as mulheres na platéia —, são para tenor. Poucos compositores destinaram aos baixos e barítonos graves partes de protagonistas. Mozart é um deles, e por isso é o meu preferido. Em *A flauta mágica* o baixo é um sacerdote sábio, embora à beira da aposentadoria e um pouco chato em sua mania de dar conselhos, e em *Don Giovanni* é o personagem-título, um sedutor galante. Como nada é perfeito, ele acaba sendo castigado no final por uma alma penada — que, por sinal, também canta com a voz de baixo. Dificilmente os tenores têm finais assim inglórios. Suas mortes costumam ser mais nobres e menos esotéricas.

Logo que comecei na profissão percebi que mesmo esses raros papéis gloriosos destinados às vozes graves estavam distantes de mim. De uma maneira tão dura quanto cristalina. A música é uma das carreiras em que é mais fácil descobrir os próprios limites. Alguém que nunca teve uma aula de canto e vê um grande tenor no palco pode até imaginar-se fazendo uma performance igual. Na mesma situação, alguém que já tenha passado por um professor irá perceber imediatamente se é possível chegar lá ou não, quanto daquele desempenho memorável é fruto de estudo — algo que qualquer um pode alcançar fazendo o mesmo esforço — e quanto se deve a talento natural, que é algo que não se conquista. A música é a pior arte para o invejoso pouco dotado. Cedo ele saberá que todo o tempo e dinheiro que dedicou à sua formação teve apenas uma utilidade: perceber com clareza a genialidade alheia. Essa, dizem, teria sido a desgraça de Salieri. Pode não ser verdade que ele tenha invejado Mozart — afinal, também era um grande músico —, mas acabou passando à posteridade com essa fama, talvez porque sua história fosse boa demais para ser ignorada pelos romancistas, dramaturgos e roteiristas de cinema, profissionais que têm o poder de estabelecer verdades a partir de boatos.

Com dois anos de estudo percebi que poderia ganhar a vida como um coralista competente, mas sem passar disso. Sem desdenhar a habilidade que o destino me havia reservado, fiz o teste para cantor no Teatro Lírico e passei. A primeira montagem de que participei foi uma *La Bohème*, na qual fazia uma breve aparição no segundo ato, entre os parisienses que comemoram o Natal no mesmo café que os personagens principais. Para o papel central, de Rodolfo, o jovem poeta que com seus versos açucarados conquista o coração de uma florista de mãos frias, convidaram um tenor veterano, alguém que havia feito história no Teatro Lírico mas agora estava em fim de carreira. Nos ensaios, ele errava várias entradas, dizem que por um problema de surdez progressiva, talvez conseqüência natural do envelhecimento. Por essa razão, o maestro repetia exaustivamente os trechos que não encaixavam, estendendo os ensaios para além do horário e provocando a ira dos coralistas — nós, funcionários públicos, não gostamos de trabalhar além das horas previstas no livro de ponto. Depois, vendo que os resultados de tanto esforço eram pífios, o regente orientou os outros cantores e os integrantes da orquestra para adiantar ou atrasar os andamentos de modo a se adaptar aos erros do velho tenor. Se ele não se encaixava na ópera, a ópera se encaixaria nele.

Assim os ensaios foram se sucedendo, até chegar o dia da estréia. Embora seja contra a etiqueta dos concertos aplaudir as peças no meio — no caso das óperas, seguindo essa lógica, as palmas só seriam permitidas nos intervalos entre os atos —, todo mundo sabe que os cantores esperam ser ovacionados sempre que terminam uma ária importante. Em contrapartida, é nesse momento que são vaiados quando o desempenho é abaixo do esperado. Nessas horas, o maestro sempre faz uma breve pausa e a cena congela por alguns instantes. Em *La Bohème*, cabe justamente ao tenor a primeira ária de peso — "Che gelida manina" —, e é dificílima. Tem até dó-de-peito. Era de se prever o desastre, e ele aconteceu. O veterano Rodolfo, que já tinha dificuldade em convencer a platéia no papel de poeta jovem porque a maquiagem derretia com o calor dos refletores, evidenciando suas rugas, adiantou e atrasou os andamentos, errou entradas, perdeu o dó-de-peito e desafinou de forma constrangedora no *pianissimo* final. O que se seguiu foi muito pior do que a pior das vaias. O público ficou em silêncio, da mesma maneira que, num enterro, os convidados se calam respeitosamente quando o caixão é baixado para o fundo da sepultura. Ninguém teve coragem de macular com uma vaia uma carreira gloriosa, numa apresentação que com certeza seria de despedida. Durante os poucos segundos que durou esse silêncio — sim, porque logo o maestro percebeu e seguiu adiante — era possível ouvir apenas a respiração ofegante do cantor, visivelmente exausto pelo esforço. Foi um átimo, e mesmo assim angustiante para a orquestra, os coralistas e o público. Nesse dia me convenci de que ocupar o fundo do palco pode ser mais seguro do que estar na boca de cena. Todo cantor tem auge e decadência. É natural, assim como a vida caminha para a morte. Mas as melhores mortes são as discretas, que equivalem a uma retirada digna de cena. Morrer assim, na frente de todos, com estardalhaço, é constrangedor.

Nos enredos das óperas, a morte é uma constante. Elas podem ser lentas, dramáticas ou poéticas. As lentas são aquelas precedidas de agonia, e em geral duram um ato inteiro. Para isso, o compositor coloca em cena, por exemplo, uma personagem tuberculosa, como Verdi em *La Traviata* e Puccini na própria *La Bohème*. Wagner fez com que o Tristão de *Tristão e Isolda* gemesse durante todo o último ato, por causa de um envenenamento que sofreu. As mortes poéticas são aquelas totalmente inverossímeis, colocadas no enredo apenas para ilustrar uma idéia. *Tristão e Isolda* traz o melhor exemplo no gênero. É a de Isolda, enquanto canta a ária "Morte de amor". Ninguém, claro, morre dessa doença. A intenção do autor é demonstrar a máxima romântica segundo a qual o desejo transcende a vida. Por isso, Wagner faz com que a melodia da ária reproduza outra que soara momentos antes, numa cena de paixão entre os dois protagonistas. A morte de *Don Giovanni*, levado para o inferno por uma estátua de pedra que ele próprio convidara para jantar, também é poética — também é estapafúrdia, também está lá para significar algo. À primeira vista, poderia ser entendida como uma morte moralista, já que o sedutor Don Giovanni é o "dissoluto punido", de acordo com o subtítulo da ópera. Mas Mozart e seu genial libretista, Lorenzo da Ponte, não são moralistas. São irônicos. A ópera não se encerra com a morte. Depois dela, são mostrados os personagens dona Anna, dona Elvira, Don Ottavio e Leporello, e como a vida deles é cinzenta sem Don Giovanni. O protagonista devasso foi levado por um fantasma, mas quem sofre são seus antagonistas, que seguem vagando, vazios, pelo que lhes resta de vida. Com isso, os dois autores criticavam os medíocres da época, aqueles que não tinham competência para ser Don Giovanni.

As mortes dramáticas são aquelas por assassinato ou suicídio. Acho insuperável a de *Carmen*, na porta da arena. Há uma simultaneidade digna de cinema. O espectador ouve, vindos supostamente do interior da praça de touros, os sons da luta entre o animal e o matador. Enquanto isso, do lado de fora, Don José toureia Carmen. Ambos matam suas presas no mesmo momento, de maneira parecida, um com a espada, outro com o punhal. Para o toureiro Escamillo a morte representa a glória. Para Don José, que acaba de assassinar o ser amado, a desgraça. *Rigoletto* também traz uma mulher apunhalada. Gilda agoniza nos braços do pai, que assim vê se cumprir a maldição anunciada no início da história. Facas são a principal arma da morte dramática. *Madame Butterfly* faz um haraquiri. Mas não são a única. Na *Tosca*, os dois protagonistas morrem de forma criativa. Ele é fuzilado, ela se joga do alto de um castelo.

Há um traço comum em todos esses personagens. Eles morrem jovens, como ocorre na ópera de uma maneira geral. Com a provável exceção de Don Giovanni, nenhum havia chegado aos trinta anos. A morte de um jovem é a única que tem algum efeito dramático ou poético. Ele também tem a vantagem de ser lembrado em seus melhores dias, em seu auge, e não pelos piores, os de decadência. Tudo isso para dizer que o pobre tenor de *La Bohème* morreria melhor se tivesse partido antes de envelhecer. Seria recordado pelo auge e viraria lenda. Mas o tempo passou e uma outra história se sobrepôs à de sua glória: a de seu declínio. Será lembrado, como aqui, por uma ridícula apresentação final. Morreria melhor, também, se fosse coadjuvante. Pelo menos sua agonia não seria escancarada na boca de cena.

    Eu, particularmente, não gosto da morte, nem na ópera. Prefiro as que não trazem esse evento, como *As bodas de Fígaro*. Nela, cujo enredo é uma continuação de *O barbeiro de Sevilha*, conta-se uma história de amor depois do "... e foram felizes para sempre". Um amor que, roído pelo tédio, volta a adquirir viço graças às fantasias sexuais dos personagens. Se eu fosse um cantor de primeiro time, gostaria de interpretar Fígaro. Mas sei que conseguiria, no máximo, uma vaga no coro dos camponeses que saúdam o conde de Almaviva no final do primeiro ato, por ele ter abolido o princípio da primariedade em suas terras — que dizia que a virgindade da vassala sempre pertence ao suserano. Decisão da qual iria se arrepender tremendamente ao conhecer a estonteante criada Susana, a fantasia que lhe traria de volta o desejo perdido. Susana, a que lhe daria novamente vida. Susana, a que não morreria no final da ópera. Susana, como a da agência de turismo, de quem hoje eu me sinto incrivelmente próximo. Como eu, uma coadjuvante bem resolvida — alguém que buscou, na vida, a proximidade das boas histórias, sem necessariamente participar delas. Arranjou, também como eu, um emprego num lugar onde pudesse ouvi-las e testemunhá-las de perto.

Os enredos que eu espio do coro e da coxia são alguns dos mais famosos da cultura ocidental. Os libretos de ópera costumam se basear nos grandes clássicos do teatro e da literatura de todas as épocas e países. As histórias contadas para Susana são folhetins baratos, como costumam ser os enredos de amor da vida real. Histórias de mulheres que se deixam enganar por uma agência de turismo. A princípio, não há nada de semelhante entre esses dois universos. Mas a convivência com Susana me mostrou que ambas, ópera e vida, têm pontos de contato. A ópera, de certa maneira, deturpa os grandes clássicos, que se humanizam na convivência promíscua com a música. Eles se imantam de paixões, exageros, desmedidas próprias da vida real. As histórias de Susana, por sua vez, como um drama lírico, têm muito de encenação. Falam de pessoas que vão para lugares distantes e lá criam novas identidades, se esmeram na criação de personagens. E acabam vivendo enredos muito parecidos com os das óperas-cômicas.

VIII

O Burlador tinha o hábito de acordar cedo mesmo quando a noite se prolongava. Naquela manhã, teve uma surpresa. Sua companheira de cama tivera mais disposição do que ele, e levantara mais cedo ainda. Dela, só restara um cartão na mesa-de-cabeceira, com dois números anotados: o de um telefone e o de um quarto de hotel. O Burlador estudou com cuidado o cartão. A letra era legível, porém apressada, o que combinava com alguém que não perderia uma manhã de sol de uma viagem dormindo até tarde na cama de um homem, mesmo que ele tivesse falado algo a seus sentidos na noite anterior. Até porque ela precisava deles — todos os cinco — para continuar absorvendo Sevilha com sofreguidão. Para o Burlador, a saída precipitada de Lenço Azul não representava uma ofensa. Ele encarava esse tipo de coisa não como um amante dado a chiliques e inseguranças, mas como um detetive frio que recolhe um indício. No caso, o cartão. Foi, rapidamente, para o escritório. Atravessou-o até a prateleira do lado oposto, onde estavam as pastas cor de laranja. Retirou a de número 1300 e ali guardou a nova evidência.

Depois de ler a última página do jornal, foi checar os e-mails. Havia uma mensagem piscando. Abriu-a. Estava escrito: "As horas de estúdio acabaram e ainda não consegui terminar tudo. Mas gostaria que você aparecesse para dar uma opinião sobre as canções que já estão prontas. Telefone". A mensagem era assinada por uma mulher. O Burlador pensou um instante sobre quem a teria escrito. Tinha péssima memória para nomes. Era mais fácil lembrar dos números ou dos codinomes inventados pelo Criado. Que, por sua vez, os atribuía arbitrariamente, de acordo com o que houvesse chamado a sua atenção na primeira vez que via cada uma delas. O Criado aprendera essa prática com o próprio Burlador, que valorizava muito as impressões iniciais. Depois de tantos anos a serviço do mesmo senhor, ele se condicionara a enxergar com os olhos do patrão. Ou talvez fosse justamente o contrário. Ao delegar ao Criado a função de fazer o primeiro reconhecimento, era o Burlador quem se escravizara aos olhos e gostos de seu serviçal mais graduado. Às vezes, o apelido não era dado em função de algum traço físico. Outros detalhes podiam chamar a atenção à primeira vista, como um livro carregado debaixo do braço ou uma peça de vestuário que ela provavelmente nunca usaria depois, já que as mulheres não gostam de repetir roupas. Não era o caso de Lenço Azul, pois esse era um adereço realmente recorrente em sua indumentária. Nem o de Jaqueta de Couro — aquela que, o Burlador acabara de lembrar, era a autora da mensagem.

Identificado o apelido, sua memória o associava imediatamente à ordem no arquivo. Retirou uma pasta da estante. Jaqueta de Couro era onze números anterior a Lenço Azul — 1289 —, o que indicava uma história que estava se prolongando acima da média. O Burlador a abriu e reviu as anotações do Criado, que diziam mais ou menos o seguinte: "Encontrei Jaqueta de Couro *bebendo cerveja sozinha num bar do centro histórico. Deduzi que era estrangeira e estava em Sevilha havia pouco tempo porque ainda não adaptara a maneira de se vestir ao calor da cidade. Usava uma jaqueta de couro, e por isso receberá este apelido. Seu visual exibia outras peculiaridades mais perenes do que essa. Entre elas, os traços do rosto marcantes, o corpo delgado e o cabelo vermelho de um tom que não poderia ser natural, cortado rente. E um brinco de argola na orelha direita que não é um brinco, pois não está colocado no lóbulo, mas na ponta de cima, aquela que as mães puxam na infância. Diria que é um piercing".*

Essa era a primeira impressão. Havia outros papéis na pasta. Anexado a um programa de um concerto de rock, o Criado deixara outro relatório. "Segui-a até uma boate, também no centro histórico. Ela continuava usando a jaqueta de couro, era uma noite quentíssima, de onde concluí que a indumentária era importante para o programa que pretendia fazer. A cor da roupa contrastava com a maquiagem, que deixava o rosto branco ainda mais pálido, o que por sua vez destacava o delineador escuro marcando as sobrancelhas e os cílios, um pouco borrado, a ponto de formar olheiras. O batom era de um vermelho tão artificial quanto a tintura do cabelo, embora em outra tonalidade. A boate era num casarão antigo restaurado. No pátio central havia um pequeno palco, onde, altas horas da noite, começou a se apresentar uma banda de rock. Jaqueta de Couro ouviu toda a função atentamente, enquanto sorvia goles de cerveja sem balançar nenhum músculo do corpo, apesar de a música ter um ritmo violento e de os outros jovens presentes ao local, todos vestidos mais ou menos como ela, dançarem freneticamente. Não mexia nem sequer a cabeça. Talvez para não estragar o penteado, os cabelos vermelhos cuidadosamente espetados para cima, com fixador. Depois do show, ela foi conversar com os integrantes da banda. Fiquei por perto e ouvi que era cantora. Na conversa, não falavam muito de música. Alguns roqueiros amam mais o modo de vida que a profissão pode proporcionar do que o próprio métier. *Conheço gente que ama a música. Ela não pertence a esse grupo. Ama noitadas regadas a cerveja, cabelos vermelhos, piercings na orelha. E jaquetas de couro."*

Depois de reler os relatórios, o Burlador sentou-se novamente ao computador e começou a escrever um e-mail. Sabemos que o destinatário é Jaqueta de Couro porque ele usou o comando de resposta. Ao invés de nos aproximarmos e ler o que escreve, mais vale afastar-nos um pouco e observar como o faz. O Burlador sempre ataca o teclado como um pianista que dá um recital. O tec-tec da máquina tem um fraseado claro. É possível perceber quando ele coloca cada ponto final. Da mesma forma, é fácil deduzir o que está escrevendo pela expressão do rosto. Ele fica sério, ri, faz caretas, de novo como um concertista que busca a interpretação exata de cada indicação estilística ou de dinâmica anotada na partitura. Ele deleta trechos, move-os, refaz frases. Vê-se que capricha no texto. É seu principal modo de comunicação. No escritório, como em nenhum outro cômodo da casa, não existe telefone. Ele nunca deixa números, sempre endereços postais ou e-mails. Acha que com a palavra escrita é mais fácil de burlar. Assim como se disfarça antes de ir para um encontro, é capaz de criar personagens através dos textos. Um parágrafo equivale a uma boa mão de maquiagem. Retocam-se algumas frases aqui e ali como quem reforça o vermelho da boca e as olheiras com lápis carvão. O ponto final é o nariz de palhaço. O disfarce está pronto.

Depois de enviar a mensagem, o Burlador andou até o arquivo, apanhou a pasta de número 1301, aquela relativa a Bolsa Preta, e voltou para o computador. Começou a digitar algo parecido com uma lista de compras. Estavam lá, entre outros itens: um *terno azul-marinho. Uma camisa branca. Sapatos pretos sociais, discretos. Uma gravata igualmente discreta, azul-escuro. Cinto preto. Meias escocesas azuis e pretas. Uma pasta 007. Cópias de provas de livros encadernadas em espiral. Uma caneta dourada. Cadernos de capa preta. Revistas de negócios. Um cachimbo. Um isqueiro a fluido de marca tradicional. Checou a lista, item por item, e depois a imprimiu. Colocou o papel sobre a mesa ao lado da escrivaninha. Mas essa era uma burla para o futuro. Precisava voltar à do presente. Abriu novamente o e-mail. Mandou uma mensagem para um estúdio de gravação de Sevilha, solicitando uma hora. Foi outra vez até a pasta número 1289 para checar o figurino do personagem que interpretava para a mulher em questão. Lá se lia: jaqueta jeans, camiseta e tênis. Pensou um pouco e achou que faltava alguma coisa. Enquanto isso, começou a piscar uma mensagem em seu computador. O estúdio atendera prontamente sua solicitação, marcando a sessão para dali a quatro dias, às três horas da tarde. Anotou na agenda que ficava na gaveta. De repente veio-lhe uma iluminação. No papel com a indumentária para a personagem 1289, acrescentou, à caneta, um par de óculos escuros. Era o nariz de palhaço que faltava.*

IX

Passou-se assim um mês em que, de dia, eu ensaiava meu "personagem" na ópera e, de noite, fazia sexo com Susana e ouvia suas histórias. Chamou-me a atenção particularmente a de uma mulher que escrevia. Compulsivamente. Para onde ia, levava a caneta e o bloco de notas. Era uma dessas profissionais cujos cacoetes de trabalho se incorporam ao cotidiano. Era jornalista. O bloco de notas se tornara, nela, uma extensão do corpo. Aprendera a usá-lo na profissão. Depois, passou a ter um também em casa, para anotar as compras que precisavam ser feitas, os livros que mereciam ser lidos, os programas de TV imperdíveis. Por fim, incorporou um caderno grande às suas férias. Não viajava sem ele. Dava a si própria a desculpa de que poderia, eventualmente, coletar material para uma reportagem a ser escrita na volta — o que não deixava de ser verdade, pois fazia isso várias vezes. Em suas anotações, misturavam-se dados de interesse turístico com reflexões íntimas, palavras recém-aprendidas numa língua estrangeira com observações sobre as pessoas que encontrava pelo caminho.

    Lídia — esse era o seu nome — contou a Susana uma situação em que esse seu hábito quase provocou reações violentas. Num país para onde viajara pela agência, ela se engajou numa excursão curta, de ônibus, por algumas cidades históricas. A duração do passeio seria algo em torno de uma semana. O dado crucial da história é que ela falava a língua local, mas ninguém no ônibus entendia a sua. Seu lugar no veículo era ao lado de um homem baixo, de óculos de tartaruga e barba desenhada, na faixa dos trinta e cinco anos. Ele se apresentou a ela como técnico em computação, colecionador de selos e solteiro. Ela notou que se tratava de uma pessoa ansiosa, dessas que esfregam as mãos enquanto falam e suam bastante. Características que, somadas, faziam com que não fosse atraente aos olhos de Lídia. Felizmente, parecia não querer nada com ela, embora falasse mais do que o necessário durante a viagem. Para evitar o excesso de conversa, ela arranjou um álibi perfeito. Apresentou-se como jornalista que era, contou a velha mentira verdadeira de que estava escrevendo uma reportagem, e pôde, assim, passar a maior parte do tempo entretida com seu caderno, com a desculpa de ter que anotar os dados geográficos fornecidos pelo guia e as próprias impressões sobre a paisagem que passava na janela.

    Na mesma excursão viajava uma mulher que monopolizava atenções. Devia ser bonita, claro. Susana, como era de se esperar, não a descreveu para mim. Disse apenas que gostava de se vestir de preto, não aquele preto discreto usado em ocasiões de luto, mas o insinuante, decotado, que contrasta com a cor da carne nas mulheres muito brancas, o que era o caso dela. Pelo teor dos comentários feitos por Susana, era o tipo de mulher que irrita as outras mulheres. Solteira, viajava sozinha e era daquelas que se alimentam da própria sedução. Dava atenção a todos os homens em volta, fazendo com que ficassem interessados nela, mas bloqueava qualquer aproximação. Em relação a esse tipo de fêmea, machos com algum discernimento e amor-próprio jogam o jogo proposto. Ou seja, colhem os favores possíveis e depois pulam fora. Por muitos deles, ela provavelmente chorara — mulheres que não amam odeiam se sentir abandonadas. Mas havia também os persistentes, que se submetiam aos seus caprichos, sem atentar que se tratava de um calvário sem a recompensa do paraíso final. Sempre que topava com um desses, estava armado o palco da tragédia. Ou da comédia, para quem assiste de fora. Esse era o caso de Lídia. Pois o homenzinho de barba que se sentava ao seu lado resolveu dedicar a viagem a seduzir a mulher de preto.

Susana não sabia exatamente como ele fez para se aproximar da musa da excursão. É possível, no entanto, imaginar. Como sempre ocorre nessas situações, deve ter sido uma história cheia de flores, convites e bombons da parte dele, e de alternância entre acolhidas calorosas e desprezo frio por parte dela. Num segundo momento, ei-lo bancando o sherloque para descobrir o número dos quartos onde ela se hospedava durante a excursão, enquanto ela contra-atacava não atendendo os telefonemas dele, deixando-o pensar que teria ido passar a noite com algum de seus rivais na excursão. Havia muitos. Ele, claro, ficava louco, e provavelmente sem razão. Mulheres como ela, de acordo com a descrição de Susana, não desejam. Têm como maior prazer despertar — e frustrar — o desejo alheio. Deixemos os detalhes da história de lado, até porque Susana não se lembrava deles, e concentremo-nos no que realmente interessa. O sedutor fracassado, como já disse, sentava-se ao lado de Lídia, e a via gastando todo o período passado no ônibus com suas anotações. Num acesso de paranóia, começou a suspeitar que ela estivesse na verdade registrando em seu caderno a história ridícula da qual era o protagonista. Passou, então, a atormentá-la. Primeiro, esticava o pescoço até quase cair no colo dela, tentando ler as anotações. Esforço inútil, pois esbarrava sempre em duas dificuldades. A língua, que não entendia, e a caligrafia dela, rápida, taquigráfica, ilegível. Num segundo momento, passou a inquiri-la sobre o que escrevia, a princípio polida e espaçadamente, depois de maneira cada vez mais insistente e grosseira. No auge, talvez descarregando em Lídia a exasperação progressiva que a outra despertara nele, arrancou o caderno das mãos dela. Lídia nem precisou se defender. Um grupo de homens da excursão tomou as suas dores e afastou-o dali. A partir desse dia Lídia e o homenzinho não se sentaram mais juntos no ônibus.

A amiga de Susana, assim, quase pagou por uma contravenção que nem sequer cometera. Se há algum delito em transformar a tragédia da vida real em matéria-prima para uma comédia no papel, parte significativa da literatura está condenada. Ironicamente, Lídia estava, sim, colhendo material para uma reportagem, que iria escrever mais tarde, para uma revista de turismo. Escreveria também matérias para revistas femininas, entre elas uma crônica sobre namoros iniciados em viagens de férias. Nela, claro, não fez menção alguma ao neurótico do ônibus. Ele temia que sua história acabasse escrita em algum lugar, o que o tornaria motivo de escárnio. Isso, ironicamente, só está acontecendo agora, tempos depois, em que o enredo, de terceiríssima oitiva, omite detalhes essenciais, como o nome do personagem, que fica assim preservado do ridículo. A crônica de Lídia se baseara numa história vivida por ela mesma e que, segundo Susana se lembrava, acontecera mais ou menos assim.

Por vício profissional, além de carregar sempre seu caderno, Lídia era também uma boa conversadora e curiosa compulsiva. Interessava-se pelos costumes do país que percorria, suas comidas, trajes, músicas típicas, e vivia parando gente na rua em busca de respostas. Quanto mais exótica a canção, a roupa ou o prato, mais tinha vontade de fazer perguntas. Quanto mais sua curiosidade era excitada, mais se envolvia com os interlocutores. Já livre dos horários rígidos da excursão, flanando pelo país para gastar o tempo restante das férias, foi parar num jantar com danças típicas. Gostou tanto que se demorou mais do que o previsto na cidade, para aprender os passos básicos da coreografia. A música que acompanhava as danças também a encantou, e acabou voltando para casa com excesso de bagagem, a mala recheada de roupas e CDs. Também conheceu um homem e enamorou-se dele. Era um sujeito típico, não no sentido de trivial, mas pelo seu conhecimento das tradições da região. Lídia não contou muitos detalhes sobre abordagem, desenvolvimento e conclusão do caso, mas deu a Susana uma cópia do artigo que escrevera. Ela me mostrou o recorte. Dele, tenho apenas uma recordação vaga. Minha memória é melhor para relatos falados do que para textos escritos.

Lembro, no entanto, que pelo artigo era possível reconstituir mais ou menos a história de Lídia. Ela estava nas entrelinhas, já que a autora, como costuma acontecer numa reportagem desse tipo, partiu do particular para fazer generalizações. O texto falava sobre como mulheres, durante uma viagem, estão mais propensas ao sexo. Escrito de forma bem-humorada, fazia conjecturas sobre por que isso aconteceria. Todas, claro, em tom de piada. Uma delas dava conta de que seria a mudança de clima, que estimularia a produção de hormônios. Outra seria o fato de que, longe de casa, a mulher se libertava também do papel que desempenhava na vida real — fosse ele de mãe, esposa, executiva, funcionária de uma firma — e podia criar um personagem talhado especialmente para a aventura. Como toda mulher — e todo homem também — sonha em ser protagonista de um filme romântico, era esse o papel mais constante. O texto ia seguindo essa linha de raciocínio, com a virtude de não se levar muito a sério, culminando no momento em que a autora, para exemplificar sua teoria, descrevia em linhas gerais o que acontecera entre ela própria e o tal homem típico. Concluía dizendo que mulheres que se envolvem com alguém durante uma viagem fazem isso como quem explora uma atração turística local. E arrematava com uma frase de efeito mais ou menos assim: "Que mal há nisso? Homens exóticos têm boas histórias, e são as histórias que fazem com que um homem valha a pena. Os enredos que vivemos servem para que possamos contá-los ou escrevê-los, por isso precisam ser minimamente interessantes. O triste é que, quando os colocamos no papel, é sinal de que eles acabaram. A vida de um texto começa com a morte daquilo que o inspirou".

X

A conquista de Bolsa Preta, aquela que viajava sem viajar, ilustra a perfeita integração existente entre o Burlador e seu Criado. É instrutivo, então, esmiuçá-la.

Na tarde seguinte, enquanto o Burlador fazia a sesta, o Criado, no escritório, conferia a lista de compras deixada pelo patrão. Desta vez, ela trazia itens que exigiam algum critério na escolha — terno completo, gravata discreta —, e por isso ele resolveu cuidar de tudo pessoalmente, sem recorrer ao Contra-Regra. Ganhou, assim, as ruas de Sevilha. Passou primeiro numa butique masculina. Depois, foi a uma editora, onde obteve cópias de provas de livros recém-saídas da máquina de xerox. Mais tarde, numa tabacaria, comprou um cachimbo e um isqueiro de fluido de modelo antigo. Ao final do passeio, foi a um pub na região moderna da cidade. Na noite anterior, enquanto o Burlador encenava sua comédia para Lenço Azul, ele seguira Bolsa Preta, que, sozinha, entrara nesse bar, sempre com um livro debaixo do braço. Ela pedira manzanilla *— sua única concessão ao que Sevilha tem de típico, provavelmente inspirada na ópera* Carmen *— e ficara lá* *umas duas horas lendo, bebendo, fumando e observando as pessoas que passavam na rua. No café, instalara-se num posto de observação privilegiado, com vista para o lado de fora. Isso ocorrera no dia anterior. Neste, o Criado, carregado de pacotes, chegou ao bar no final da tarde, hora da reabertura depois da sesta. Começou a entabular uma charla com o barman. Pela intimidade com que conversavam — davam-se tapinhas e riam de tempos em tempos — era possível deduzir que se tratava de velhos conhecidos. Talvez de escola.*

É quase noite quando o Criado retorna. O Burlador já acordou da sesta há algum tempo e está no escritório estudando a pasta de número 1301. Patrão e empregado se cumprimentam com gestos de cabeça, sem falar-se. O Criado dispõe sobre a mesa as roupas e demais apetrechos para a próxima encenação. Depois, abre a agenda do Burlador na página que corresponde àquela data, anota o nome de um pub e escreve: "Nas últimas três noites, por volta das nove horas, ela esteve aqui".

Às nove da noite em ponto o Burlador chega ao pub. Nada há de tipicamente sevilhano no local. É um daqueles bares envidraçados, que permitem aos fregueses uma visão panorâmica do exterior. Em contrapartida, quem passa na rua pode observar, com detalhe, quem está dentro. É o lugar ideal para ver e ser visto. A clientela é formada basicamente por executivos em final de jornada de trabalho. Não há adolescentes, portanto o barulho é menor. A música de fundo não é rock, e sim jazz. O ambiente é bom para relaxar, ler uma revista enquanto se toma uma cerveja. Com seu terno discreto e gravata azul, o Burlador parece mesmo um executivo. O cabelo levemente grisalho está penteado com apuro pela primeira vez nos últimos dias. Nada excessivamente caprichado. O Burlador tem que mimetizar um executivo em fim de jornada, e não alguém que acaba de sair do banho. Ele pede uma bebida, tira o cachimbo do bolso e o prepara vagarosamente. De tempos em tempos, dirige um olhar para a porta. O cachimbo está pronto, a bebida já foi servida, mas ela ainda não chegou. O Burlador resolve, então, iniciar a função. Quando Bolsa Preta chegar, o espetáculo já terá começado, e não parecerá que a farsa foi montada especialmente para ela. O Burlador abre a pasta 007, tira dali uma prova de livro, a caneta dourada, e finge que lê e anota. Como Bolsa Preta demora, ele acaba lendo de verdade, para passar o tempo.

Ela chega ao pub por volta das nove e quarenta e cinco. Estaria no atraso regulamentar permitido às mulheres, se aquilo fosse um encontro. Para o Burlador — que a reconhece pela descrição feita pelo Criado —, não deixa de ser. De um tipo insólito. Dificilmente irão se falar. Como num espetáculo de mímica, o Burlador terá que chamar a atenção pelos gestos. Um desafio e tanto. Até porque ele não poderá ser nem um pouco histriônico. Pelo que o Criado escreveu, Bolsa Preta deve gostar de homens discretos. Conforme o previsto, ela se senta de frente para a rua, por sorte mais ou menos perto de onde se encontra o Burlador. Ele está numa posição de onde pode observar sem ser notado. Logo depois de pedir a mesma manzanilla *de ontem — ele registra: trata-se de uma mulher de hábitos recorrentes —, Bolsa Preta se levanta e caminha em direção ao banheiro. Terá que passar ao lado da mesa onde está o Burlador. Ele não pode sair de seu personagem — e, portanto, não se desvia do livro —, mas inspira fundo. Faz isso um segundo depois que ela passa, farejando, na brisa provocada pelo ar deslocado, a marca e a intensidade de seu perfume.*

Uma mulher vai ao banheiro como um ator ao camarim no intervalo entre dois atos, para checar se está tudo certo com o seu personagem. Por isso, quando ela volta, bolsa preta a tiracolo, os traços de seu rosto estão mais marcantes e o odor mais pronunciado. Os cabelos lisos, pretos, cortados na altura do ombro, ganharam um realce especial. É como uma imagem pouco nítida que é posta em foco. Ela volta à sua cadeira. Tira um livro e um lápis da bolsa. No decorrer da noite, lê e sublinha trechos, enquanto ele finge ler. Em nenhum momento os olhares dos dois se cruzam, embora o Burlador contabilize três pequenas miradas dela na direção de sua mesa. Sua imagem, ali, lendo e corrigindo provas de livro, já estava registrada ao menos no subconsciente dela. A noite não havia sido perdida.

No mesmo instante em que, horas atrás, o Burlador saíra para seu encontro, o Criado acomodava numa valise de viagem sua escova de dentes, bloco de notas e duas mudas de roupas. Pronta a mala, pegou o guia turístico de Sevilha e ligou para o hotel onde Bolsa Preta estava hospedada. Chamou por seu nome real — ela já havia saído — e obteve, assim, o número do quarto. Depois, colocou uma bermuda, uma camisa colorida e, paramentado como turista, pegou um táxi até o hotel. Pediu um quarto. Ficou feliz quando o funcionário lhe entregou uma chave tradicional, e não uma computadorizada. Fechaduras mecânicas são mais fáceis de abrir. Depois de devidamente instalado, encaminhou-se para o quarto de Bolsa Preta. No lugar em que uma pessoa dorme sempre há vestígios de seus sonhos e segredos, mesmo que seja numa acomodação temporária, como um hotel. Abriu a porta com facilidade — era tão traquejado nisso quanto o Burlador em identificar perfumes. O quarto era muito bem-arrumado, como ele já suspeitava, dada a personalidade aparentemente ordeira da mulher que seguia havia alguns dias. O que tornava seu trabalho mais difícil. Embora ele tivesse experiência em remexer em quartos alheios sem que seus donos notassem, pessoas meticulosas costumam perceber a mínima alteração. Mesmo em coisas banais, como a posição da ponta do último cigarro deixada no cinzeiro na noite anterior.

Na pequena mesa ao lado da janela estava instalado um laptop. Era possível deduzir várias coisas desse fato. Poucas são as pessoas que levam computadores em viagens de férias. Eles são muito incômodos. Pesam na mala e têm que ser declarados na alfândega. Bolsa Preta era dessas pessoas, o que podia indicar pelo menos duas coisas. Primeiro, que não viajava para se desligar do mundo. Gostava de estar sempre plugada nele, pois quem tem computador tem notícias em tempo real e um canal de comunicação com seu lugar de origem. Segundo, que talvez tivesse outros interesses na viagem além dos apenas turísticos. Estaria a trabalho? Havia vários disquetes empilhados ao lado do laptop e eles provavelmente esclareceriam essa questão. O Criado, no entanto, resolveu deixar a perquirição para um segundo momento e fazer, primeiro, a lição de casa. Havia informações mais imediatas a apurar. O Burlador gostava de saber, por exemplo, as medidas das mulheres que estavam em sua mira. Isso era fácil. O Criado abriu o armário, pegou a fita métrica e começou a registrar, em seu caderno, comprimento de calças, diâmetro de saias, número de roupas íntimas. Eram medidas que poderiam ser enganosas, já que muitas mulheres não compram seus trajes pelo manequim que têm na realidade, e sim pelo que gostariam de ter, enfrentando estoicamente o incômodo de uma roupa apertada. Mesmo assim, não deixava de ser uma informação interessante. No mínimo, o Burlador poderia saber algo sobre a auto-imagem de cada uma. Só depois disso o Criado foi ligar o computador. Nesse momento, seus ouvidos treinados perceberam um ruído no corredor. Era hora de sair. Antes de desligar a máquina e voltar para o seu quarto, mandou, via internet, uma mensagem sucinta para o chefe: "Leve um laptop amanhã para o pub". Verificou se o endereço estava correto. Depois de apertar o "send", deletou a mensagem, para que não restassem vestígios. Poderia ter dado essa dica ao amo mais tarde, pessoalmente. Mas achou que assim estaria agilizando o serviço.

Na noite seguinte, pontualmente às nove, o Burlador está outra vez no mesmo bar. Dessa vez, Bolsa Preta havia chegado mais cedo. Sentada na mesa regulamentar, sorvendo goles da mesma bebida. De novo com o rosto virado para o lado de fora, ela percebe — seria impossível não notar — quando o Burlador tira da pasta 007, além das provas de livros, um computador portátil. Ele o liga, abre uma prova num lugar marcado e, de tempos em tempos, digita algo. De onde estamos, podemos perceber que ele apenas copia, aleatoriamente, trechos do livro. Mas de onde Bolsa Preta está é impossível visualizar a tela do micro. Nesta noite, ela dá muito mais olhadelas do que na anterior. É impossível saber o que está imaginando, mas podemos conjecturar colocando-nos em seu lugar. O que o Burlador parece neste momento? Um acadêmico escrevendo uma tese? Não é impossível, embora seu terno seja mais de executivo do que de professor. Um funcionário de uma grande empresa concluindo o trabalho do dia? Mais cabível, já que as provas de livro parecem relatórios de venda. Pode ser também uma combinação de ambos — um executivo que, paralelamente, tem uma carreira acadêmica. Por último, e mais provável, um editor examinando originais. As várias possibilidades aguçam a curiosidade. E a curiosidade, como se sabe, é o primeiro passo para o desejo.

Simultaneamente, o Criado faz sua segunda incursão pelo quarto de Bolsa Preta. Assim como é especialista em abrir fechaduras, tem prática também em acessar arquivos. Os disquetes de Bolsa Preta encontrados pelo Criado trazem bibliografias. Listas de livros sobre vários assuntos. Ele copia várias delas em seu *caderninho*. Na manhã seguinte, sai a campo para comprar livros. Deduz que se trata de tomos raros, já que é difícil encontrar a maioria deles. Acha uns três ou quatro, que deposita, com um bilhete, sobre a mesa do escritório do Burlador.

São nove horas da terceira noite no pub. Novamente o Burlador chega antes. Tira as provas, o laptop e três dos livros comprados pelo Criado. Os olhares de Bolsa Preta, como sempre numa mesa próxima, são cada vez mais constantes. Embora o Burlador tenha tido o cuidado de, sem dar na vista, apontar as lombadas dos livros na direção dela, à distância é difícil divisar os títulos. Quando Bolsa Preta se levanta para ir ao banheiro, ele dá mais uma ajeitadinha nos livros para que ela possa olhá-los ao passar. Mas ela, desta vez, não vai ao toalete. Pára em frente à mesa do Burlador e, após breves cumprimentos e apresentações, pergunta:

— Onde você conseguiu esses livros?

Depois de três dias de mímica, é hora de começar a segunda parte da comédia. A que tem falas.

XI

Susana e eu formávamos um casal (àquela altura, já não era exagero usar essa palavra, embora não morássemos juntos) bastante equilibrado. A convivência entre espécimes do gênero humano é uma troca, e os conflitos só surgem quando uma das partes se sente credora. Isso ocorre, em geral, por um problema de câmbio. Não fica claramente estabelecido qual o valor de cada gesto, e cada um acha que o seu tem uma cotação maior do que o recebido. A maior parte dos casais barganha carinhos, favores, brigas, risos, lágrimas, desejos, recusas — como quantificar mercadorias tão díspares? Quanto a mim e Susana, era tudo mais simples. Havia apenas duas moedas em circulação: sexo e histórias. Quando bem usado, o sexo é o melhor valor de troca de um casal. Em geral, dá-se exatamente a mesma quantidade que se recebe. No caso das histórias, concordávamos com a cotação atribuída a cada uma. No início, o câmbio era parelho. A cada caso que Susana me contava, eu retribuía com um enredo de ópera, fingindo que era algo que tinha presenciado. Um dia, contei a verdade a Susana, que já estava desconfiada de meus amigos e conhecidos terem vivido tantas histórias mirabolantes, como os libretos costumam ser. Ela não ficou brava por ter sido enganada. (Por um momento, pensei que suas histórias também poderiam ser falsas, caso contrário ela se sentiria traída.) Apenas desvalorizou minhas narrativas à metade. Para cada caso que ela contava, eu deveria retribuir com dois enredos. Felizmente, exitem muitas óperas, e eu conhecia os libretos de dezenas delas.

Nessa troca não havia espaço para histórias próprias. Susana, até aquele momento, não falara nada do seu passado. Eu, de certa forma, a havia colocado ao corrente de várias das histórias curiosas que haviam acontecido (de verdade) na minha vida, por uma razão simples. Todas elas estão relacionadas com discos que ouvi, montagens das quais participei, essas coisas que fazem a vida de um funcionário público musical, e eu acabava mencionando casos vividos enquanto contava os enredos de óperas ligados a eles. De Susana, no entanto, eu não sabia nada. E uma história, em relação a ela, me despertava especial curiosidade: sua viagem a Sevilha. Um dia, pedi que ela me contasse. Para me fazer desistir, cobrou um preço alto. Sete enredos de ópera. Passou-se, então, uma semana, em que ela ouviu as histórias de *Cosi fan tutte*, *Turandot*, *Manon*, *O elixir do amor*, *Fidélio* e até *Africana* e *La Gioconda*. No oitavo dia, ela finalmente se dispôs a contar a sua viagem. Não sem antes fazer um pouco de mistério.

Susana olhou para a parede branca do quarto e ali se deteve por alguns segundos, como quem projeta um filme do passado numa tela imaginária com o intuito de recordar os detalhes antes de relatá-los. Nesse breve intervalo de tempo, fiquei tentando adivinhar se suas recordações eram boas ou ruins, e, embora ela estivesse de costas para mim, imaginei-a com um brilho absorto nos olhos, o que indicaria tratar-se de um filme romântico. Pensei em Susana em Sevilha vivendo uma tórrida história de paixão e por um instante tive ciúme. Como já disse, não era apaixonado por ela, e o ciúme, ao contrário do que sugerem os folhetins, não é indício de afeição. É um sentimento totalmente independente, pois representa apenas o instinto de posse que todo animal tem em relação a algo que julga seu, seja a carcaça de um bicho abatido momentos antes, seja outra pessoa — e não há maior ingenuidade, e pretensão, do que achar que possuímos alguém. Contaminado momentaneamente por essa ilusão, eu julgava Susana minha só porque era o depositário de sua confiança, expressa na forma de narrativas, e sentia raiva de um brilho de olhar supostamente provocado por outro.

Quando ela voltou o rosto para mim, sua expressão, ao contrário do que eu pensava, era vazia. Disse-me que nada lhe acontecera de especial em Sevilha. Fez essa revelação em voz baixa, num tom grave e tranqüilo que contrastava com a vivacidade com que narrava as histórias de outros. Se ela estivesse dizendo a verdade, teríamos mais uma razão para sermos cúmplices. Fazíamos parte da mesma confraria de pessoas que tinham uma vida de segunda mão, roubando emoções e histórias de terceiros. No meu caso, personagens de ópera. No dela, clientes da agência. Em nossas vidas mesmo, no entanto e ao que parece, nada de notável havia acontecido.

Em sua descrição, o lugar com o qual eu sonhara durante anos era, antes de tudo, uma cidade quente. Tão quente que no verão, época em que ela a visitara, era praticamente impossível conhecê-la. Conseguia-se andar no máximo meio quarteirão e logo se entrava num bar, suando em bicas, para tomar um refrigerante. A avenida que ladeava o Guadalquivir era movimentada, enfumaçada, barulhenta, mas em contraste com isso pescadores, alheios ao que ocorria, tentavam fisgar algo no pequeno cais entre o asfalto e o leito do rio. Depois de compartilhar comigo essa impressão inicial, Susana começou a descrever, um a um, os pontos turísticos da cidade, com a precisão de quem trabalha há anos na área. Quando alguém nos conta sobre um lugar onde esteve, nossa imaginação, munida de pincel e tintas, costuma converter em quadros as palavras que chegam pelo ouvido. Eu, no entanto, não conseguia imaginar nada. A descrição competente e dedicada de Susana soava completamente absurda para alguém que, desde a infância, estava acostumado a imaginar a Andaluzia e seus enredos. Para realizar seu trabalho pictórico, minha mente precisava de alguma referência. Mas aquela cidade de que Susana me falava não era a minha Sevilha.

Até que, num momento, ela mencionou uma coisa de que eu já ouvira falar: a praça de Touros. Agarrei-me àquela imagem, e a partir daquele instante meu ouvido começou um trabalho de filtragem. Não deixava passar nada que confundisse a minha imaginação. Susana falava de touradas, do preço dos ingressos, dos ônibus que transportavam turistas, mas eu não prestava atenção. Motivado unicamente pelo retrato inicial, meu cérebro divagava sobre o cenário da ópera *Carmen*, e as melodias vinham à mente. Eu continuava lá quando Susana abandonou a descrição da arena e foi passando, como um guia turístico, por outras atrações da cidade, esmiuçando arquitetura, medidas, fatos históricos relacionados a cada lugar de interesse. Acho que, enquanto uma parte de meu cérebro imaginava, a outra mantinha o radar ligado na conversa de Susana, sem prestar muita atenção mas pronta para disparar um alarme quando ela citasse algum cenário conhecido, que me remetesse a alguma outra ópera. Isso, porém, nunca acontecia, e havia uma terceira parte de minha mente que tentava descobrir por quê. Qual a razão para os pontos turísticos da cidade não fazerem referência a nenhum libreto?

A resposta não era tão difícil. A Sevilha da música lírica não existe no mundo real. Entre os compositores que ambientaram suas óperas na cidade andaluza, apenas Bizet, o autor de *Carmen*, teve como base um livro que descrevia a Sevilha real. Os outros a tinham apenas imaginado. Mozart, austríaco, e Rossini, italiano radicado em Paris, provavelmente nunca estiveram em Sevilha antes de compor, respectivamente, *As bodas de Fígaro* e o *Barbeiro*, ambas baseadas em peças do francês Beaumarchais — outro que, ao que tudo indica, nunca cruzara os Pireneus na direção sul. Por isso, nenhuma louvação à Giralda ou ao bairro de Triana aparece nos libretos.

Eu fingia estar ligado no que Susana falava, já que as mulheres são sensíveis à desatenção masculina, principalmente quando ela ocorre logo depois do sexo. Meu radar, no entanto, disparou o alarme no momento em que ela terminou de descrever a cidade, e eu imediatamente encaixei uma pergunta naquele silêncio, antes que ele denunciasse minha distração. Perguntei sobre os homens sevilhanos, se eles a haviam abordado, já que ela viajara sozinha. Susana começou a falar, então, de turistas de olhos puxados que olhavam, fotografavam mas não se aproximavam, loiros grandalhões que disparavam cantadas grosseiras, morenos mediterrâneos com muita melodia na voz mas pouca substância nas palavras. A todos ela repelia, fazendo jus ao nome, Susana, personagem de *As bodas de Fígaro* que exerce com ternura e espírito o sagrado direito feminino da recusa. Insisti, no entanto, sobre os sevilhanos, e ela respondeu que não a tinham interessado. Enfastiados de turistas, poucos lhe dirigiram a palavra, e os que haviam falado com ela eram feios demais ou suspeitos demais. O único contato que tivera fora com agentes de turismo locais, por razões profissionais. Fora isso, nada. Nenhum Don Juan, nenhum toureiro. Meu ciúme ficou aliviado, mas minha imaginação contorceu-se de raiva. Esta, definitivamente, não era Sevilha, a cidade onde era impossível não viver um enredo de sedução. Susana descera no aeroporto errado.

Enquanto ela narrava suas viagens, vinham à minha mente os duetos em que Don Giovanni encurralava suas presas, suas conquistas listadas e esmiuçadas pelo criado Leporello na famosa ária do catálogo; a maneira como Carmen enfeitiçava suas vítimas atirando-lhes uma flor no meio dos olhos, com a mesma precisão com que um matador enfia a espada no ponto médio entre os chifres do touro; o efeito inebriantemente erótico da aguardente *manzanilla*; as serenatas do conde de Almaviva; a sensualidade espalhafatosa do pajem Cherubino, o adolescente de traços femininos que punha a perder tantas mulheres casadas.

Mesmo que tais personagens nunca tivessem existido, deveriam impregnar de alguma forma a atmosfera da cidade. Pensava nessas coisas quando um silêncio repentino mais uma vez se instaurou. De acordo com a minha estratégia de preenchê-los sempre, encaixei mais uma pergunta, essa ornamentada por um galanteio meio torto, que Don Giovanni certamente nunca usaria: como é que ela, tão bonita, voltara incólume de Sevilha, enquanto várias de suas clientes trouxeram na bagagem histórias picantes e saborosas?

Ela olhou para mim com um misto de ternura compassiva e cinismo, e, recuperando a vivacidade de outros momentos, disse que nem todas as mulheres que viajavam pela agência onde trabalhava haviam encontrado príncipes encantados. A maior parte delas, ao contrário, voltava sem nada de interessante para contar. Mulheres solteiras que viajam sozinhas querendo conhecer alguém costumam ser inseguras e ansiosas, e ansiedade e insegurança afastam os homens. Mesmo que viajar seja um poderoso afrodisíaco, e que num país estranho uma mulher possa realizar a fantasia de viver outro personagem, não são todas que conseguem passar com facilidade do real para o sonho. Susana, claro, só me falara sobre as mulheres que tinham conseguido. Para uma contadora de histórias, só interessam as personagens que realizam coisas fora do comum. Todas as boas narrativas, da literatura às fofocas, passando pelas óperas, desprezam o trivial.

Existia também, claro, as que não viviam nada de relevante e inventavam histórias na volta. Essas possuíam tanto mérito quanto as outras. Se não haviam tido ousadia para viver um romance, sobrava-lhes criatividade para falsear um. Para Susana, não fazia mesmo diferença. Ela não tinha como verificar a veracidade das histórias que lhe contavam, assim como não descobrira que minhas narrativas eram roubadas de óperas antes que eu lhe dissesse. (Assim como eu também não tinha como aferir se o que ela me contava era real ou não. Essa a maldição, e o encanto, das histórias.) Mas não importava. Se fossem convincentes, se divertissem, encantassem ou emocionassem, mereciam ser passadas adiante. A imaginação seria uma forma de verdade, e por isso ambas teriam o mesmo mérito.

Dormi com essa última frase de Susana na cabeça. Finalmente, naquela noite, ouvira algo que fazia lembrar Sevilha. Pelo menos, o que a cidade representava para mim.

XII

Ao chegar ao escritório naquela manhã, depois de tomar café lendo a última página do jornal, o Burlador vê sobre a mesa dois trajes diferentes. Surpreende-se. Não se lembrava de que teria um dia cheio. Procura a agenda e ali estão anotados dois compromissos. À tarde, encontro no estúdio com Jaqueta de Couro. À noite, Bolsa Preta, com quem ele havia falado pela primeira vez na noite anterior. O Burlador não gosta de ter que viver dois personagens no mesmo dia. Pede ao Criado que evite essa sobreposição sempre que possível. Precisa de concentração para não misturar os tipos. Às vezes, no entanto, não é possível fugir dos compromissos, sob pena de prejudicar o andamento dos enredos que vive simultaneamente.

Ele confere os dois trajes dispostos sobre a mesa. Para o compromisso da noite, um blazer esportivo, comprado dias antes para o primeiro encontro com Bolsa Preta que não fosse num dia de trabalho. Para o da tarde, lá estão a jaqueta jeans, a camiseta, o tênis e os óculos escuros que encomendara. Esse personagem da tarde deixa o Burlador meio apreensivo. Não por causa da roupa. O hábito faz o monge, e é fácil recriar tipos humanos por meio de *trajes. O difícil é parecer mais moço do que se é. Nada traz de volta a juventude, nem mesmo a maquiagem mais caprichada. Se bem que o personagem do Burlador não era exatamente um garoto, e sim alguém que se vestia e se comportava como tal. São assim os donos de estúdios, funcionários de gravadoras e produtores que trabalham com música jovem, que se vêem obrigados a externar a adolescência que exercem profissionalmente.*

Depois de conferir as roupas, o Burlador checa os e-mails e relê as pastas de números 1289 e 1301. Almoça cedo para tirar a sesta mais cedo. São duas horas agora, o compromisso é às três, e ele já está diante do espelho compondo seu adolescente temporão. Além de vestir as roupas, passa no cabelo um óleo destinado a diminuir o grisalho. Não por vaidade pessoal — burladores, como todo mundo, a têm, mas do talento interpretativo, e não da aparência —, mas por achar que seu personagem usaria.

Às quatro em ponto ele está no estúdio. Jaqueta de Couro já havia chegado. De onde deduzimos que é uma mulher que não se atrasa para compromissos. É mais até que pontual. Pertence àquela categoria das que se adiantam, o que em geral é sinal de ansiedade. Nessa tarde, parece menos masculinizada do que as primeiras descrições do Criado faziam crer. De camiseta regata e calça justa, emana uma fragilidade que não se parece com o tipo de música que canta. Nesta tarde, o Burlador provavelmente irá fazer um relatório dizendo dessa nova faceta de Jaqueta de Couro, irá comparar com o primeiro e concluir que, quando está com uma mulher o suficiente para ter uma segunda impressão, é porque já é hora de cumprir o objetivo. No momento em que o Burlador chega, ela pula no pescoço dele como se o esperasse há horas, depois desanda a falar sem parar, gestos largos enfatizando cada trecho do discurso. É toda movimentos, como uma criança hiperativa. Especialista em contracenar, o Burlador trai, naquele mo-

mento, uma certa expressão de enfado, que na verdade externa um desconforto. Ele está acostumado a lidar com mulheres que chegam e partem. Jaqueta de Couro está ficando além da conta. Situação rara para ele, que acha que o maior estímulo para o afeto é aquilo que dá a todas as suas mulheres: a falta, depois de uns poucos dias de presença intensa.

Mesmo à distância, não é difícil perceber o tom da conversa dos dois. Praticamente só ela fala, e pela expressão carregada e gestos efusivos dá para saber que se lamenta de algo. Chegando mais perto, é possível ouvir qual o motivo das queixas. Ela acabara de gravar aquilo que se chama, no jargão dos estúdios, de "fita de demonstração", ou fita demo, e não gostou do resultado final. Credita o fracasso ao dono do estúdio, responsável pela mixagem, dizendo que ele teria feito um trabalho descuidado. O Burlador abandona, por um instante, a atitude olímpica e ajuda a xingar aquele que Jaqueta de Couro elegeu para vilão da história. O Burlador omite, claro, que o conhece há anos, provavelmente foram também colegas de escola, e que ele é cúmplice desta sua burla de número 1289. Sabe que mulheres gostam de solidariedade quando enfrentam surtos paranóicos, e o Burlador gosta de realizar essa fantasia feminina — a de fingir que se enfrenta o mundo por uma delas. Feliz por ter encontrado um cúmplice no desabafo, ela se aconchega nos braços do Burlador e começa a chorar, atribuindo agora a suposta má qualidade da fita à sua própria falta de talento. Num acesso de autopiedade — que é na verdade a mais exacerbada forma de narcisismo —, ela inicia a velha cantilena de que nunca será nada. O Burlador tenta disfarçar o semblante de quem já ouviu essa fala várias vezes, da boca de Jaqueta de Couro e de muitas outras também. Armado de sua máscara mais amiga, convida-a gentilmente para ir, com ele, à sala principal do estúdio, ouvir a fita.

Ambos escutam a gravação de ponta a ponta com atitudes diversas. Ele, sentado na mesa de som, rabiscando círculos sobre um papel, com rosto falsamente compenetrado. Ela, ora andando de um lado para o outro, ora roendo as unhas num sofá do estúdio, olhando para ele sempre que ouvia um trecho em que achava estar particularmente ruim, tentando ler, na expressão neutra do produtor experiente, aprovação ou reprovação. Ao final, o Burlador dá seu veredito com o tom frio de presidente de júri enquanto lê uma sentença. Felizmente, não era uma condenação. Para ele, o resultado final não era nenhuma tragédia. Alguns ajustes pontuais poderiam salvar tudo. Enumerou quais seriam, fingindo que lia no papel onde desenhara círculos durante toda a audição. Feitos os ajustes, ela poderia levar a fita a uma gravadora com alguma chance de ser bem-sucedida. Num primeiro momento, Jaqueta de Couro olhou para ele com aquela cara que as mulheres fazem quando acham que o elogio vem com segundas intenções. A mirada do Burlador, no entanto, transbordava uma firmeza confiável, e foi suficiente para desvanecer a agitação que tomava conta dela. O semblante carregado logo se transformou numa expressão terna. São poucos os homens que conseguem acalmar uma mulher com um olhar e um punhado de palavras no momento certo. Essa é uma das grandes fantasias masculinas, e o Burlador a concretizava agora. Mas a ele não cabia ter fantasias. Ao contrário — para conseguir seu intuito, precisava realizar as alheias.

A prescrição do Burlador incluía a regravação da voz em algumas faixas, com algumas pequenas e decisivas trocas de nuance. Isso poderia ser feito naquele instante, pois a cantora estava ali e as bases estavam prontas. Ele chama, então, o técnico de som, e o orienta a repassar tais e tais faixas. Ela começa a fazer as mudanças, com a segurança de quem fora bem adestrada. O

Burlador deixa os dois sozinhos e se retira para a sala ao lado, onde vai conversar com o seu amigo e cúmplice, o dono do estúdio. Cada um acende seu cigarro e conversam como velhos camaradas. O Burlador pergunta se, com sua experiência de alguém que trabalha há muito tempo com música jovem, ele acha que existe alguma chance de Jaqueta de Couro ter um dia seu disco lançado por alguma gravadora. O homem responde que acha difícil, pois os executivos da indústria do disco preferem artistas que já têm um público conquistado e cativo, e portanto o melhor caminho para chegar ao sucesso é cantar em bares, restaurantes, casas noturnas em geral, em busca desse público, seja ele qual for, e não perder tempo gravando fitas demo. Ele diz isso como quem confessa um segredo profissional, já que se todos os aspirantes a artistas soubessem disso provavelmente ele ganharia muito menos dinheiro com seu negócio. De onde estão, através do vidro, eles podem ver Jaqueta de Couro se esforçando para dar o melhor de si. Ela não ouve, no entanto, a verdade sobre ela própria, pois os vidros de estúdio têm isolamento acústico.

Há outra janela na sala, que dá para a rua. É por ela que o Burlador olha, absorto, quando seu amigo o deixa sozinho por alguns instantes para atender o telefone. Em que pensa? Poderia ser no custo-benefício da aventura. Conseguir seu objetivo com ela estaria saindo um pouco caro, o preço de várias horas de gravação, embora o dono do estúdio fosse seu amigo e estivesse fazendo um desconto. Mais provável, no entanto, é que esteja conjecturando sobre o desfecho dessa história que está se prolongando além do esperado. De um lado, está proporcionando a Jaqueta de Couro o seu sonho, e esse é um dos prazeres de sua profissão. Por outro, ao que parece, tudo irá terminar numa desilusão. Pode-se abandonar uma mulher deixando-se um vazio ou uma recordação. Preferia sempre a segunda alternativa, que era importante para que seu trabalho tivesse alguma razão de ser. Mas este enredo estava se encaminhando para o primeiro desfecho. É tênue a linha entre proporcionar uma ilusão e iludir. No métier *do Burlador, essa distinção mínima poderia significar a diferença entre o sucesso e o fracasso.*

Antes de o dono do estúdio desligar o telefone, Jaqueta de Couro entra na sala. Havia acabado de concluir a regravação da fita. Queria que o Burlador ouvisse. Por um instante, ele pensa em alegar que seria melhor esperar que estivesse tudo finalizado, afinal ele recomendara também algumas modificações nos arranjos. Mas se lembra de que tempo é o maior presente que se pode dar a uma mulher, principalmente a uma de quem ele se julgava de certa forma devedor. Assim, senta-se outra vez na mesa de som com a caneta e a mesma folha de bloco. Enquanto enche o papel com mais círculos, pensa provavelmente que Jaqueta de Couro o convidaria para um drinque depois do trabalho, convite carregado de quase suplicantes intenções, e ele seria obrigado a recusar. Alegaria um compromisso profissional, algo fácil de tornar verossímil, pois produtores não raro trabalham de madrugada. Ela compreenderia e, depois de se despedirem com um beijo caloroso, ambos sairiam para lados opostos da noite de Sevilha. Na solidão da caminhada para o albergue onde estava hospedada, ela avaliaria o dia concluindo que, apesar de alguma frustração, teria sido produtivo. O Burlador tinha lhe dado esperanças com relação à carreira e a promessa de enviar um e-mail nos próximos dias. Ele, por seu turno, teria que chegar rápido em casa para trocar-se e ir ao encontro de Bolsa Preta.

XIII

Existem duas maneiras de ler cartas. Pelo que contam e pelo que omitem. A segunda, mais sofisticada, só é possível quando se conhece bem o remetente. Ao conviver com uma pessoa, sabemos de que maneira ela costuma enxergar a própria vida — e a própria vida, narrada de um lugar distante e por isso mesmo mais influenciada ainda pela ótica pessoal do narrador, é o principal assunto de uma carta. Em relação à própria biografia, há os que exageram os aspectos negativos, os que só vêem os positivos, os que contam todos os detalhes, os que, ao contrário, são elípticos, os que transformam cada miséria do dia-a-dia numa epopéia, os esportivos, que contabilizam cada evento em termos de vitórias ou derrotas, e os inseguros, que maquiam as próprias mazelas com pequenas mentiras e depois sopesam cada palavra, com medo de se desdizer. A história que Susana iria me contar naquela noite tinha sido desentranhada de um punhado de cartas lidas nas entrelinhas. Ou melhor, de e-mails, versão informatizada da correspondência. Ela era capaz de decifrar as omissões porque Lúcia, a remetente, fora sua colega de escola. Seu temperamento, escolhas e estranhezas faziam dela uma personagem interessante.

Lúcia tinha viajado pela agência de Susana, mas não para um período de férias. Queria tentar a vida no exterior. Já estava havia um ano indo de uma cidade a outra, sempre com um objetivo: estabelecer-se em alguma atividade artística. Sim, porque desde a adolescência Lúcia achava ter um enorme talento para as artes, só não sabia ao certo qual delas. Era a líder do grupo de teatro da escola, escrevia poemas, cantava e arranhava alguns instrumentos musicais, desenhava e pintava. Isso era suficiente para torná-la popularíssima na adolescência. Infelizmente, a lógica da vida real é um pouco diferente da dos liceus. Depois que Lúcia terminou o colégio, sua vida passou a ser uma seqüência de pequenos sucessos e grandes tropeços. Como não era de família rica, seus breves êxitos não eram suficientes para garantir sua subsistência. Por isso, arranjou um emprego desses que pagam salário. Ela o detestava, obviamente, por afastá-la da vida que pretendia levar. Foi-lhe útil, no entanto, para que juntasse algum dinheiro. Foi com essas economias que acabou viajando.

De acordo com Susana, Lúcia era uma mulher sem meias medidas. Tudo o que acontecia em sua vida era motivo para intensa euforia ou profunda depressão. Era por esse viés que lia a sua correspondência. Nas cartas em que predominava o desespero, detectava os indícios de que as coisas não iam tão mal assim. Em outras, exuberantes, aqui e ali apareciam sinais de que a vida no exterior não é fácil. Para as colegas de escola de Susana e Lúcia, esta era agora, mais do que nunca, um ídolo. Havia entre elas a idéia de que morar no estrangeiro é necessariamente um sinal de sucesso. Contado por carta de uma terra distante, algo que no país de origem seria considerado um fracasso pode virar uma aventura. Experiente com histórias, Susana não compartilhava desse deslumbramento. Assim, a narrativa que ela me contou naquela noite deveria estar próxima da realidade.

Na primeira cidade em que chegou, Lúcia tentou ser atriz. Era uma metrópole, e todas elas têm um circuito alternativo de teatro, onde ela fez alguns contatos. Perambulou por vários grupos, mas não conseguiu vaga em nenhum. Compreensível, porque o pessoal que milita nesse tipo de teatro que fica à margem das Broadways espalhadas pelo mundo costuma ser mais esnobe do que os que não precisam de álibi para ganhar dinheiro. Para entrar nesse grupo fechado, Lúcia teria que aderir a projetos mirabolantes, a crenças estéticas e políticas que ela até professaria de bom grado, dada a sua vontade de morar no exterior e ser artista. Só que não era só isso. Eram exigidas também uma base teórica e leituras que Lúcia não tinha. Se fosse menos ingênua, ela saberia que a maior parte das pessoas que freqüentam esse meio não lê de verdade, apenas decora as citações certas. Depois de uma série de e-mails em que exagerava na imagem da artista incompreendida que passa fome — que Susana sabia ser falsa, porque Lúcia economizara uma quantia considerável —, ela finalmente conseguiu um emprego como bailarina num show de danças típicas.

Lúcia era, no dizer de Susana, uma mulher bonita. Não desse tipo de beleza tradicional, que segue metros e proporções, mas da outra, assimétrica, com nariz, boca e demais traços do rosto pronunciados, enquadrando-se naquilo que chamamos vagamente de "exótico". O corpo era bem-feito, apesar de franzino. Finda a sucinta descrição feita por minha contadora de histórias, deduzi que Lúcia arranjara o emprego no tal espetáculo mais por seu tipo físico do que por ter um talento especial para a dança. Mas isso não importava no caso. Dançar é uma atividade artística, ela vivia uma aventura num país estrangeiro e ainda por cima recebia um salário, nada extraordinário, mas que dava para a subsistência e possibilitava que economizasse o dinheiro guardado. Isso tudo agiu poderosamente sobre seu estado de espírito, como se podia perceber pelos e-mails do período. Neles, ela glamourizava o mais que podia sua atividade, migrando para outro personagem: o da garota pobre que estava em via de conquistar o mundo graças ao seu talento. Não se sabia exatamente qual tipo exótico encarnava no palco, nem o tamanho de seu papel no show. O tom das cartas dava a entender que era um dos principais, o que poderia ser ou não verdade.

    O certo é que, se o emprego fosse tão bom assim, Lúcia não se chatearia tão rápido e não mudaria de cidade. Isso ocorreu pouco mais de um mês depois. Nesse seu segundo pouso, ligeiramente recapitalizada, ela alugou um sótão e tentou uma experiência ainda mais ousada: ser pintora. Comprou material de desenho, telas, pincéis e uma paleta, e durante um mês mais ou menos — o tempo que o dinheiro ganho na empreitada anterior durou — acreditou ser uma artista plástica nos moldes do século passado, acordando cedo todos os dias, carregando seu equipamento até uma estação de trem e partindo em busca das paisagens que forneceriam material para a sua arte. Na primeira vez em que se viaja para o exterior, até o lugar mais lúgubre e desolado parece merecer registro numa tela, e seu ofício de pintora durou enquanto esteve de pé essa fantasia. Que, por sua vez, vigorou até que a falta de dinheiro devolvesse aos lugares a sua feiúra real. Quando isso aconteceu, bateu em várias galerias oferecendo quadros, mas tudo o que conseguiu foi alguns trabalhos, como free lancer, de ilustradora de cartazes publicitários. Novamente não era um mau negócio para um imigrante. Ela vivia numa cidade cheia de parques, museus e prédios históricos e, bem ou mal, conseguia pagar as contas. Em seus e-mails, no entanto, vestia outro personagem sombrio: o do artista que é obrigado a se prostituir para ganhar o pão. Não demorou muito, assim, para que novamente vendesse tudo e fosse recomeçar sua aventura em outro lugar.

Era nessa terceira cidade que Lúcia estava naquela época, e era de lá que mandara o último e-mail que Susana havia recebido. Já era o terceiro enviado do novo endereço, e o primeiro que deixava entrever o fim de mais uma depressão cíclica. Os dois primeiros tinham sido desoladores. Vagara dias e dias à cata de alguma idéia, mas o lugar onde estava agora lhe parecia turístico demais, sem nenhuma movimentação teatral, artística ou musical — em suma, sem possibilidade de emprego. Numa noite de vagabundagem, entrou num bar onde havia algo que parecia interessante: um show de rock. Reparou que naquela cidade havia muitos grupos, e todos os que tocavam e cantavam se vestiam de maneira exótica. Poderia fazer parte daquela confraria. Era mais fácil do que ser aceita pelos que trabalhavam com teatro alternativo. Num caso, o passaporte eram as citações certas. No outro, apenas roupas fora do comum. Gastou, assim, suas últimas economias para tingir o cabelo, colocar um piercing na orelha e comprar uma jaqueta roqueira.

Assim paramentada, passou a freqüentar todos os shows possíveis, na esperança de que alguém descobrisse que fazia parte da turma e a convidasse para juntar-se a eles. Passou a circular assim também durante o dia, o que no início era estranho, porque tinha a sensação de que todos olhavam para ela, e até de que era seguida por um homem de verde, conforme relatara a Susana na mensagem anterior. Nessa última, ela dava notícias mais alegres: estava apaixonada. Pelo primeiro homem que a tinha abordado desde que ela passara a encarnar o novo personagem. Não era um roqueiro, mas um produtor musical. Era mais velho, tinha alguns cabelos brancos, mas vestia-se como um jovem. Pelo que ela pudera entender, no primeiro encontro, ele entendia muito de música e pretendia lançar novas cantoras. No e-mail, ela descrevia o homem como sendo algo misterioso, mas bastante gentil e prestativo, e dizia, com a candura que as mulheres demonstram nessas ocasiões, que sua aparição não fora obra do acaso. Ele parecia talhado para realizar seus sonhos. Enquanto Susana me contava como Lúcia, entre outras coisas para impressioná-lo, decidira virar cantora, eu fiquei pensando em como as mulheres são capazes de, pela aparência, deduzir dezenas de coisas sobre um homem que não conhecem direito. Como quem lê uma carta pelo que ela omite. Com a diferença de que elas não conhecem previamente o seu autor. Apaixonar-se é, assim, antes de tudo, uma arte da imaginação.

XIV

Passaram-se vinte dias desde a primeira conversa, no pub, entre o Burlador e Bolsa Preta. Nesse período, ela foi a mulher que ele mais viu. Pode-se dizer até que viveram um romance, já que o tempo — vinte dias — é relativamente longo para os padrões do Burlador. Hoje é o dia de Bolsa Preta ir embora, e ele está em seu escritório. Enquanto escolhe qual seria a fantasia mais adequada para este último encontro, pensa que ter conhecido Bolsa Preta serviu, entre outras coisas, para renovar seu guarda-roupa de trajes sociais. Qual ficaria melhor? Uma combinação clássica de blazer sobre camiseta e calça jeans? Um jogo de bermuda e camisa pólo com sapato mocassim, do tipo que executivos usam para parecer casuais no supermercado no final de semana? Chapéu e casaco cinza, o figurino clássico para despedidas no imaginário do cinema? Esta última pareceria ridícula, até porque era verão e fazia um calor de derreter arenas. Acabou optando por uma variação da primeira, usando uma camisa azul de manga curta para combinar com o jeans, mantendo o estilo informal chique que adotara nos últimos dias. Afinal, se a pri-

meira impressão é a que fica, é pela última que o personagem é lembrado.

Naquela primeira noite, no pub, ele dissera ser um executivo do mercado editorial, baseado numa metrópole próxima e que viera a Sevilha para instalar na cidade uma sucursal da editora para a qual trabalhava. Acabara de chegar e, por isso, ainda estava instalado num hotel — o mesmo dela, claro, e ele fez questão de dizer o nome antes, para sacramentar mais uma dessas coincidências que as mulheres adoram. A firma pagaria a diária durante dois meses, prorrogáveis, até que ele arranjasse um apartamento para se estabelecer. O Burlador contou ser recém-divorciado, ainda sentindo os efeitos da separação, o que era conveniente para criar uma aura de fragilidade ao mesmo tempo que deixava no ar a incerteza sobre se o vínculo anterior ainda existia ou não. A combinação entre dúvida e instinto maternal é um clichê da conquista. Para completar o quadro, havia o interesse dela por livros — e ele, encarnando o editor, poderia saciar essa fome.

Passaram-se de dois a três dias até que cada um abandonasse o seu respectivo quarto e ambos se mudassem para um terceiro, mais confortável. Era um apart-hotel, e isso ajudava a criar uma ilusão de vida em comum, por ser mais parecido com uma casa do que um hotel. Todas as manhãs ele saía para supostamente ir trabalhar. Enquanto ele passava os dias fora, ela, que não deixara de ser viajante, passeava pela cidade. Claro que o Burlador usava esse tempo livre para retornar ao seu escritório, checar os e-mails, marcar eventuais encontros nas noites em que Bolsa Preta estava fora, conhecendo uma ou outra cidade da região. Na maior parte das noites, no entanto, ficavam juntos. Passar o dia separados, alimentando a expectativa do encontro noturno, era o encanto dessa breve vida em comum.

Bolsa Preta, percebera o Burlador logo nas primeiras noites, era uma mulher narcisista. Mas o narcisismo que praticava não era aquele que leva as pessoas a ficar horas em frente ao espelho. Ela era dominada por uma necessidade de mostrar-se intelectualmente. Logo na primeira noite, contara ao Burlador que fazia um curso superior de literatura em seu país de origem, e que tencionava prosseguir na carreira acadêmica, fazendo mestrado e doutorado no exterior. Ao receber aquele que era o seu homem naquelas noites, Bolsa Preta, como toda mulher em início de namoro, se arrumava e se perfumava, às vezes até vestia uma roupa mais provocante, mas o que ela preparava mesmo eram citações. O Burlador tinha a impressão de que ela as escolhia a dedo durante os passeios pela cidade, unicamente para depois dizer a ele, provocando seus comentários, como uma recém-casada que capricha no molho do macarrão para ouvir elogios. Realmente, nos intervalos dos passeios, Bolsa Preta lia, nos cafés, vários livros sobre teoria literária, área que ela pretendia seguir em sua futura carreira acadêmica. Muitas vezes, ela queria saber a opinião dele, um editor de livros, sobre esta ou aquela análise de um romance clássico. O Burlador não entendia muito de teoria literária, mas era um homem lido — em geral todos os sedutores são — e conhecia a maior parte das obras de que ela falava. Suas réplicas, contudo, não interessavam tanto a Bolsa Preta. Ela aparentava ser daquelas mulheres para quem apaixonar-se era encontrar alguém cuja cultura servisse, antes de mais nada, para reconhecer seus próprios triunfos, e não alguém que replicasse, que oferecesse algum estímulo intelectual através do debate. Ela não queria um interlocutor, e sim um espelho.

Essas exibições intelectuais noturnas às vezes chateavam o Burlador, mas a habilidade de Bolsa Preta na hora do sexo, digna de uma profissional, compensava de certa forma. Na maior parte das vezes, no entanto, o Burlador não se aborrecia. É possível que até se divertisse com a compulsão de Bolsa Preta em se afirmar como uma mulher inteligente. Fingidor profissional, ele se deliciava vendo amadores exercitar-se em sua arte. A burla de Bolsa Preta era meio malfeita. Pessoas realmente inteligentes não se jactam de saber reproduzir idéias alheias. Ao contrário, orgulham-se de ter as suas próprias, mesmo quando são estapafúrdias. Nos finais de noite, após o sexo, enquanto ela dormia, o Burlador, que era insone, ficava conjecturando sobre o que ela poderia fazer em seu país de origem para ter essa necessidade tão grande de afirmação intelectual. Seria modelo fotográfico, uma dessas mulheres bonitas cujo cérebro é sempre posto em questão, por machismo masculino ou inveja feminina? O Burlador também pensava, com algum cinismo, que ela teria algum futuro na carreira acadêmica. Sua experiência lhe ensinara que os intelectuais de universidade que galgam postos mais rapidamente não são os que demonstram inteligência, mas sim os que destilam erudição. Já havia dito algo assim a ela, não nesses termos, claro. Além disso — outra virtude valorizada para a carreira universitária —, ela era uma pessoa organizada.

Bolsa Preta era dessas mulheres que planejam, cuidadosamente, até os passeios nas férias. Não raro, quando acordava, o Burlador a via consultando o mapa da cidade. Antes de chegar a qualquer destino, ela estudava com afinco o melhor caminho. Não era das que gostava de se perder na cidade, deixando que o inesperado temperasse a viagem. Antes de sair, pedia também ao Burlador, um suposto habitante do país, embora recém-chegado a Sevilha, algumas dicas sobre o melhor meio de transporte e qual o tempo gasto para ir de um lugar a outro. Podia programar assim, com alguma exatidão, os horários para o almoço e para o lanche. Nesses momentos, fugia de restaurantes típicos, a não ser que recomendados previamente pelo Burlador — desde que nessa recomendação viesse expresso o cardápio, e que ele fosse de seu agrado. Chegava em casa invariavelmente por volta das sete da noite, antes que o Burlador voltasse de seu suposto trabalho, de modo que ele sempre a encontrava de banho tomado. De manhã, acordava também alguns minutos antes dele, lavava o rosto e fazia uma levíssima maquiagem. Não suportava ser surpreendida com a mesma cara com que enfrentava os próprios pesadelos — ela os tinha com freqüência. O Burlador se divertia vendo-a fingir que acordava naquele exato momento, mesmo com uma leve camada de batom recém-colocada sobre os lábios.

Um dia, Bolsa Preta perguntou ao Burlador se ele já havia encontrado uma casa ou um apartamento para morar em Sevilha, e se ofereceu para ir junto da próxima vez que ele saísse à procura de um imóvel. Na manhã seguinte, de seu escritório, o Burlador enviou e-mails para umas duas ou três imobiliárias e marcou um punhado de visitas para um dia em que Bolsa Preta não tinha programado nada em seu organizadíssimo cronograma de viagens. Durante a visita, ela mobiliava mentalmente cada cômodo da casa e dava várias sugestões ao Burlador. O espantoso é que nessas sugestões estava embutido que ambos morariam juntos. Há mulheres que fazem isso, para muitas delas a fantasia é algo quase tão palpável quanto a realidade, mas o Burlador se espantava com a desfaçatez com que ela mentia, já que estava com a passagem marcada para dali a dois dias. Provavelmente o Burlador está pensando nisso agora, enquanto ajeita o cabelo pela última vez antes de sair para se despedir de Bolsa Preta na estação de trem. O fato de pensar com algum carinho no mês que passara indicava que estava ficando sentimental, o que era ruim para um Burlador. Para que realizasse seu objetivo, era preciso que ela tivesse recordações, não ele. Havia em Bolsa Preta algo de misterioso a que ele não tivera acesso mesmo nessa convivência longa para seus padrões. Sinal de que ela estava indo embora cedo, pois não satisfizera ainda sua curiosidade.

XV

Se os grandes tenores, que em tese estão acostumados aos teatros cheios, têm crises de nervosismo antes das estréias, imagine os figurantes. Não preciso dizer que fiquei na maior expectativa na noite anterior à récita inicial daquele *O barbeiro de Sevilha* para o qual estava escalado. As circunstâncias aumentavam o medo. Pela primeira vez na minha carreira — meu pai morrera antes que eu me iniciasse na profissão de coralista —, eu teria alguém, na platéia, torcendo por mim. Nenhuma *cheer-leader* muito qualificada, e sim Susana, que havia rompido seu bloqueio em relação ao gênero e iria a uma ópera também pela primeira vez. Poucos minutos antes da apresentação, não sabia se minha ansiedade se devia ao nervosismo natural da estréia ou ao fato de estar, finalmente, atrás do cenário que admirava desde a infância, para constatar *in loco* que a Sevilha que fica atrás dos portões de saída da praça é mesmo feita de papelão e se compõe apenas de camarins e coxias. A razão mais provável de minha tremedeira, no entanto, era bem mais prosaica. Minha grande cena era logo a inicial. Teria que entrar arrebentando.

Dizem os livros que *O barbeiro de Sevilha* é uma ópera que exalta a vitória da juventude sobre a velhice, da inteligência sobre a força bruta etc. Tenho uma interpretação diferente. A ópera é, antes de mais nada, sobre o poder sedutor da música. Foi graças a esse poder que seu compositor, Rossini, se tornou um sucesso ainda na casa dos vinte anos e, aos trinta e oito, pôde se aposentar para se dedicar a uma arte igualmente nobre e realmente útil, a culinária. Em *O barbeiro de Sevilha*, fez uma ode ao ofício que lhe deu tudo. O primeiro ato gira em torno dos esforços que o personagem principal faz para conquistar sua amada. A que estratégia ele recorre? À música, claro. Faz duas serenatas sob seu balcão. Funciona. Como ficamos sabendo? Rosina canta uma ária em que exalta a bela voz do conde de Almaviva, que era a única coisa que ela conhecia dele. Ou seja, se o protagonista não cantasse bem, perderia a amada. No segundo ato, é hora de o conde se apresentar, em carne e osso, à sua paixão. Mas ela é superprotegida por um tutor interesseiro, e ele só poderá entrar em sua casa disfarçado. Qual a fantasia que escolhe? De professor de música. Ficam em cena Rosina, Don Bartolo, o tutor que quer casar com a pupila para herdar a fortuna deixada pelo pai, e Don Alonso, que é o conde de Almaviva disfarçado. Para deixar claro quais vértices desse triângulo amoroso sairão vitoriosos no final, Rossini faz com que Rosina cante, com ardor, a música proposta pelo conde, enquanto zomba da canção favorita do velho Bartolo. Conclusão, seguindo a lógica dessa ópera peculiar: amar é gostar da mesma música.

Chegara a hora, finalmente, de entrar no palco. Estava tão ansioso que, quando o terceiro sinal soou, me postei na entrada da cena. Havia, no entanto, a longa e animada abertura de Rossini, e me contive. Foi bom, porque a música me tranqüilizou. A sinfonia de abertura de *O barbeiro de Sevilha* é uma das peças orquestrais mais leves que existem. Apresenta, de maneira perfeita, o espírito da ópera, a idéia de que nada deve ser levado tão a sério, pois a vida pertence ao gênero cômico. No enredo, condes se disfarçam de estudantes, estudantes de soldados, soldados de professores de música, e professores de música voltam a ser condes, porque as mulheres se apaixonam pelos que cantam bem, mas para se casar preferem, com toda razão, os que, além de uma bela voz, têm dinheiro. Logo que termina a abertura, nós, os coralistas, entramos nesse jogo de burlas. Temos que fazer o papel dos músicos que acompanham o conde de Almaviva numa serenata. Cada um aparece no palco com um instrumento a tiracolo — o meu era um violão —, mas, na verdade, nós só dublamos. Quem toca de verdade é a orquestra. No libreto, quando os músicos entram em cena, está amanhecendo em Sevilha e todos ainda dormem. O criado do conde, Fiorello, pede aos instrumentistas que fiquem quietos para não acordar a cidade inteira. O primeiro verso de uma ópera dedicada a exaltar o poder da música é, assim, uma exortação ao silêncio. Mas até isso é enganoso. À medida que as luzes do teatro vão clareando, para sugerir o dia que amanhece, a intensidade do canto vai aumentando e a cena deságua numa alegre algazarra. Poucas óperas começam de maneira tão animada.

Como sempre acontece nas estréias, algo deu errado. O coralista que fingiria tocar contrabaixo ficou com seu instrumento, o maior da orquestra, entalado numa das entradas do palco. Da ribalta, acompanhávamos nervosos sua luta hercúlea para fazer o trambolho passar pela porta. Esse esforço se arrastou durante toda a cena inicial, em que o coro vai se organizando em orquestra, enquanto o criado pede silêncio. O contrabaixista só conseguiu entrar segundos antes do início da cena dois, a serenata do conde. De forma que tudo pareceu ensaiado. Era como se o diretor quisesse incluir um músico retardatário, chegando para a função na última hora, mas ainda a tempo. Incorporamos a piada. Depois, cantamos e fingimos que tocamos com tanto capricho que quase acreditamos que as ovações da platéia, que prorrompera em palmas no último acorde da serenata, eram para nós. Obviamente eram para o tenor que, no papel de conde de Almaviva, iniciara com brilho sua tarefa de seduzir Rosina com notas musicais.

Naquele momento das palmas, meus olhos procuraram Susana na platéia, mas todo mundo que já cantou num teatro alguma vez sabe que isso é impossível. A audiência fica no escuro, e, mesmo que assim não fosse, estaríamos ofuscados pelas luzes projetadas sobre nossos olhos. Bom, pelo menos Susana, imaginava eu, não estaria aplaudindo apenas o tenor. Pensando nela, fiz com convicção a reverência previamente treinada para aquele momento, em que o coro se curvava diante do conde. No enredo, estávamos rendendo homenagens ao homem que nos pagava, mas a mesura, feita na boca de cena, servia também para agradecer os aplausos. Imagino que cada integrante do coro tivesse, na platéia, pelo menos um parente para aplaudi-lo. É dura a vida desses parentes. É fácil ovacionar o tenor, que está no proscênio. Difícil é encontrar, no meio da multidão de coralistas, aquele a quem se deve aplaudir, e que muitas vezes está em alguma zona escura do palco, onde não pode ser visto nem com binóculo.

Terminada a primeira cena, era hora de ir para trás do palco e acompanhar a ópera pelo ângulo contrário. Não deixa de ser um espetáculo interessante de voyeurismo. Fígaro, o barbeiro, tomando o último gole de água na bilha antes de entrar em cena. Bartolo, o tutor, ajeitando os fios da peruca. Rosina levantando um pouco o ousado decote da camisola de dormir que usa durante todo o primeiro ato. Apreciar a história pelos bastidores sempre foi a melhor parte do espetáculo para mim, mas naquela noite eu não estava conseguindo me concentrar. Minha mente se ocupava com outro exercício: imaginar como Susana via a ópera. Estaria gostando? Estaria entendendo o enredo? Tentava adivinhar sua expressão a cada piada do recitativo, a cada momento de lirismo nas árias, a cada efeito orquestral bombástico, como a tempestade do segundo ato. Não deixei de pensar nela nem nas duas outras vezes em que voltei ao palco, no papel de soldado. Nessas horas, não tive medo. A primeira entrada serve como uma espécie de vacina. Além disso, no uniforme de dragão, com chapéu e galões, estava bem mais disfarçado. Caso alguém desafinasse, era difícil a platéia perceber de onde viera a nota errada. O maestro, claro, saberia — mas só passaria o pito no dia seguinte. A própria Susana só me encontraria naquela cena se o seu binóculo fosse muito potente. Eu lamentava estar no palco e não ao lado dela. Quando levamos alguém de quem gostamos para assistir ao nosso filme favorito, olhamos mais para essa pessoa do que para a tela.

Para nós, mais importante que o filme são as reações no rosto de quem vê. Mais do que a fruição em si, queremos ter o prazer do gosto compartilhado. Senti falta de ler os acentos da partitura de Rossini no espelho dos olhares de Susana.

    Lá pelo final da ópera, depois de tanto imaginar as suas reações, cheguei à conclusão de que Susana só poderia estar gostando. Ela amava histórias bem contadas, e boas óperas não são nada mais do que isso. Se soubesse música, se tivesse a habilidade para colocar bolinhas no papel, Susana certamente seria capaz de fazer árias dramáticas das confissões de suas amigas, ela que sabia narrá-las de maneira tão vívida e emocionada. Minha impressão se confirmou quando nos encontramos, depois da ópera, no saguão do teatro. Susana captara com perfeição não apenas a história do barbeiro, mas também várias outras, paralelas, que haviam ocorrido na platéia. Com a perspicácia de que só olhos virgens eram capazes, ela rastreou o casal que brigara nos balcões, a mulher que passara a ópera inteira dirigindo o binóculo para os camarotes, para conferir se havia toaletes melhores do que a dela, e também o velho que havia conseguido a proeza de chorar em vários momentos de uma ópera tão francamente cômica, provavelmente motivado não pelo que via no palco, mas pelas recordações de outras épocas de sua vida que cada trecho lhe evocara. Susana invadia meu mundo sem pudor, tecendo comentários peremptórios e ingênuos sobre algo que não conhecia, uma coisa que me irritava em outras pessoas, mas que nela me encantava. Eu a recebia de braços abertos. O auge foi quando ela falou, surpresa, que não sabia que eu tocava violão. Não ri da gafe. Expliquei, pausada e didaticamente, que nessas cenas os coralistas apenas dublam a orquestra. Na verdade, me alegrei por ela ter acreditado na minha mímica. A coisa mais sublime que uma mulher pode fazer por um homem é participar, como cúmplice, de suas mentiras.

XVI

Ao ligar o computador, numa das manhãs seguintes, o Burlador se sentiu burlado, algo que acontecia muito raramente. Em geral, era ele quem, com sua argúcia e seu Criado, desvendava os segredos das mulheres com o intuito de criar um personagem adequado aos sonhos de cada uma. Por isso, surpreendia-se ao descobrir que alguém representara um personagem para ele. E isso havia acontecido justamente com Lenço Azul, que ele julgara tão transparente e espontânea. Agora que, poucas semanas depois de sua partida, ela enviara um primeiro e-mail, tornava-se clara a razão de seu interesse compulsivo por detalhes, de perguntar tanto e de falar tão pouco de si própria. Era jornalista. No e-mail, esclarecia que trabalhava para uma revista feminina, que estava fazendo uma reportagem sobre os diferentes tipos de homem que habitavam o planeta, e solicitava uma entrevista com ele, que representaria o sevilhano emblemático. A entrevista — que, como ela própria alertara, se comporia de perguntas padronizadas típicas de revista feminina — seria feita, caso ele concordasse, por chat, naquela tarde mesmo, a partir das quatro horas, se esse horário fosse conveniente para ele.

O Burlador apertou a tecla "reply" e respondeu afirmativamente. Enquanto a hora não chegava, ele examinou algumas pastas, teceu planos, escreveu ordens ao Criado, almoçou, fez a sesta e, nos intervalos entre essas atividades, pensava, provavelmente, na peça que haviam lhe pregado. Jornalistas, assim como escritores, eram seres traiçoeiros. Nunca se sabia quando estavam realmente vivendo ou quando apenas coletavam material para seus livros ou reportagens — uma segunda vida que às vezes, para eles, é mais importante do que a primeira. Lenço Azul teria realmente se sentido atraída por ele? Ou a aventura era parte da coleta de dados para o artigo? Era importante saber — e ele tencionava descobrir pelo teor das perguntas — se ela recebera essa incumbência de "mapear" o macho da espécie humana antes ou depois de chegar das férias. Se já viajara a Sevilha com essa intenção. Faria, no entanto, alguma diferença? Escritores são fingidores ariscos. Quando pensamos que estão envolvidos em alguma história conosco, já pularam fora dela, mantêm-se ao nosso lado apenas porque não sabem, ainda, qual a melhor maneira de passá-la para o papel. Como um peixe preparado na frigideira que pudesse, enquanto é frito, enxergar a si próprio e descrever friamente a sensação do óleo quente contra a pele escamosa. Nisso consiste o métier — e o estoicismo — desses profissionais.

Finalmente chegaram as quatro horas e o Burlador se postou em frente ao computador para o chat. Lenço Azul era pontual e a conversa que se seguiu foi mais ou menos assim:

LENÇO AZUL: Está muito quente aí em Sevilha?

BURLADOR: Como sempre. Mas meu escritório, que você não conheceu, tem ar-condicionado por causa do computador.

LA: Melhor assim. Vamos, então, às perguntas. O questionário, como eu disse, é quase todo padronizado. As perguntas são meio idiotas. Mas as respostas, conhecendo-o bem, serão melhores. Está pronto?

B: Estou. Espero não decepcionar.

LA: Aí vai a primeira. O personagem de ficção mais famoso que viveu em Sevilha foi o Don Juan. Isso não seria um peso para os homens da cidade?

B: Poderia dar a mesma resposta da pergunta anterior. Tentamos não decepcionar. Vou, no entanto, elaborar algo melhor para sair bem na sua reportagem. O Don Juan está morto. Seus métodos de sedução foram condenados ao fogo do inferno junto com o personagem, logo depois da última ceia com o convidado de pedra. Naquela época era muito fácil. Em algumas das versões — na ópera, por exemplo — Don Juan era um nobre, e eram suas, por direito, as virgindades das vassalas. Grande parte das cerca de duas mil mulheres que, segundo a literatura, teriam dormido com ele estava nessas condições. Ou seja, ele não precisou fazer nenhum esforço para consegui-las.

LA: Se fosse vivo hoje, então, ele teria dificuldades?

B: Com certeza. Hoje em dia, a capacidade de seduzir é prerrogativa das mulheres. Elas estudam essa arte com mais afinco. Por isso existem revistas como a sua. Além disso, costumam ser mais observadoras. Estudam a presa. Pelo modo de vestir de um homem — terno e gravata, ou jaqueta de couro e camiseta — já sabem que estratégia de ataque usar. Os homens ganhariam muito se aprendessem essa técnica. Quando nós as encontramos pela primeira vez, em geral elas já nos estudaram durante tempo suficiente para saber o que queremos. De forma que, quando as vemos, já se paramentaram da maneira que acham que corresponde aos nossos sonhos. Nenhum homem, apanhado ingenuamente por essa estratégia, é capaz de resistir.

LA: Você está querendo dizer que a primeira impressão é tudo?

B: O próprio Don Juan, em uma de suas encarnações literárias, disse que os começos têm encantos inexprimíveis. Na vida, merecemos vários deles, já que o final será único. Gostou da frase de efeito?

LA: Excelente para a reportagem. No que a mulher sevilhana difere das mulheres de outras partes do mundo?

B: A resposta verdadeira é que os homens, assim como as mulheres, não diferem por causa da geografia. O local onde se nasce e onde se mora determinam apenas uma porção pequena da personalidade de cada um. Vamos elaborar uma resposta falsa para colocar no seu artigo. O melhor retrato da mulher sevilhana está no livro Carmen. *Livre e supersticiosa como são as ciganas, ela se apaixona por um homem que é o seu oposto, o metódico e disciplinado militar Don José. Utiliza todas as armas, canta todas as músicas, recorre a todas as mandingas para conquistá-lo. Pouco depois de ele largar o exército, o amor pela hierarquia e a noiva virgem recomendada pela mãe, para se juntar à quadrilha de contrabandistas de que* Carmen *faz parte, ela já está com outro. Será que em outras terras as mulheres são capazes de provocar tantos estragos em tão pouco tempo?*

LA: Você está sendo irônico. Acha mesmo que os homens são vítimas indefesas da sedução feminina?

B: Se a resposta for sim, talvez caia bem em sua reportagem. Vai aumentar a auto-estima do público. Vou dar a resposta, no entanto, em outros termos. Carmen fez um grande bem a Don José. Graças a ela, ele se libertou de uma vida chatíssima onde tudo estava previsto, a carreira militar, o casamento com uma camponesa da mesma aldeia, até mesmo a hora de dormir — já que no exército havia toque de recolher. Em vez disso, ela lhe ofe-

receu uma vida muito mais emocionante, de contrabandista, cheia de aventuras, duelos, eventos imprevistos, gente interessante. O problema é que ele não tinha vocação para ser livre. Quando rompeu as amarras da vida militar, submeteu-se, como um escravo, a Carmen. Pela única e simples razão de que precisava de um senhor. Se tivesse passado incólume por Carmen, teria sido feliz em sua liberdade, e deveria isso a ela. De onde se depreende que, quando duram o tempo certo, sem abreviações ou prolongamentos desnecessários, mesmo as mulheres ruins são boas.

LA: Mais uma boa frase de efeito. A entrevista está encerrada.
B: Espero que tenha ficado a seu gosto.
LA: Ficou um ótimo depoimento. Você mente muito bem.
B: Você também.

Dias depois do chat, o Burlador recebeu, por e-mail, uma cópia da íntegra da entrevista. Chegou uma semana antes de um pacote contendo a revista onde saíra o artigo, que apenas reproduzia trechos da conversa. O mais eram observações pessoais dela. O Burlador leu com atenção. Aparecia em meio a outros homens. Distraiu-se da leitura por um momento e olhou para a prateleira em frente. Ficou imaginando, provavelmente, quantos daqueles homens da reportagem Lenço Azul teria conhecido em meio a outras de suas viagens. Poderia ser uma galeria de ex-amantes, possivelmente uma pequena amostra de todos os que ela tivesse conhecido ao longo da vida, os quais, fichados em pastas e colocados lado a lado, talvez ocupassem mais espaço numa biblioteca do que seu modesto arquivo. O Burlador recortou o artigo e imprimiu a íntegra da entrevista. Os papéis foram encaminhados à pasta número 1300. Nos arquivos, havia suvenires dos gêneros mais diversos. Cartas, e-mails, roteiros de viagem, fotos, papéis de bombons, mapas, chumaços de cabelo, poemas com dedicatória. O Burlador não participava ativamente da coleta de recordações.

Não roubava lenços, frascos de perfume, roupas íntimas. Guardava apenas o que lhe davam. Era uma regra de seu jogo. Junto com esses suvenires, ficavam também os papéis com as observações do Criado, listas de indumentárias e estratégias de conquista elaboradas por ele. Esses registros, pensava o Burlador, forneciam retratos precisos de mulheres completamente diferentes. Pelo menos, da maneira como ele as enxergava. Agora, pela primeira vez, tinha em mãos o registro de como era visto por uma delas.

XVII

Depois que se aposentou — trabalhar é a melhor maneira de fingir que os anos não passam —, meu pai dedicou a vida que lhe restava a inventar maneiras de passar o tempo. Morava sozinho e tinha poucos amigos, pois a idade avançada o impedia de praticar esportes, perdendo assim a desculpa que tinha para ir ao clube rever os antigos colegas. Eu o visitava quase todos os finais de semana e me divertia com as suas manias de velho. Meu pai sempre fora um organizado compulsivo. Quando trabalhava como advogado, classificava todos os processos dos quais participava em diferentes pastas, de modo a poder acessá-los por ordem cronológica ou alfabética. Que eu saiba, dificilmente consultava esse arquivo, que ocupava um espaço enorme na casa. Tranqüilizava-o, no entanto, saber que estava tudo ali caso ele precisasse. Logo que se aposentou, resolveu dedicar seu tempo, num primeiro momento, a organizar as coisas na velha casa em que passara a maior parte da vida. Primeiro, resolveu classificar os discos. Não seria um trabalho tão difícil, já que ele, como mencionei antes, só comprava coleções. Mas sempre havia algo a ser arrumado, as coleções poderiam ser colocadas na prateleira em ordem alfabética ou cronológica, as diferentes gravações de uma mesma música poderiam ser agrupadas, e assim meu pai achou que era importante anotar os nomes de todos os discos, com as respectivas músicas, em um caderno. Assim, encontraria sempre, com facilidade, o que queria ouvir. Pena que tenha vivido antes da popularização do computador doméstico. Ele se divertiria bastante com essas máquinas.

Numa das tardes em que fui visitá-lo, encontrei-o empolgado com o novo brinquedo que tinha adquirido: um gravador acoplável ao seu velho toca-discos, junto com um punhado de fitas cassete. Sua nova invenção era gravar, nelas, seleções de suas músicas prediletas, em diferentes gêneros. Isso o obrigaria a ouvir todos os discos de sua coleção, pois, como ex-advogado, seu senso de justiça não permitiria que houvesse favorecimentos. Todas as músicas deveriam ter chances iguais de ser escolhidas. Esse novo passatempo divertiu meu pai durante um bom punhado de semanas. A história se espalhou pela família. Eu não tenho irmãos, mas havia primos, tios, sobrinhos, todos esses o visitavam muito de vez em quando, mas sempre que o faziam perguntavam por seus discos e suas seleções. Sempre que alguém ia à sua casa, era a fita que ele estava gravando que dava o roteiro da conversa. Invariavelmente ele colocava alguma música no toca-fitas e essa canção servia de pretexto para contar histórias de sua vida. Quando era eu quem o visitava, ele procurava evocar episódios que me dissessem respeito, para me manter interessado. As canções o faziam recordar cada acontecimento vividamente, do seu humor no dia em que a ouvira pela primeira vez até detalhes de clima, se estava quente ou frio, como se tudo isso estivesse registrado na melodia. Com o tempo fui percebendo que seus passatempos tinham como principal função relembrar momentos de seu passado, e ele, a pretextos diferentes, me contava suas histórias repetidas vezes, nessa maçante mania que os velhos têm de repassar a própria vida, detalhe por detalhe.

A fase seguinte foi a dos livros. Também não havia muito o que organizar, já que ao longo da vida meu pai os disciplinara a ferro e fogo. Como se sabe, se não são militarizados, os livros fogem das estantes, somem em mudanças, perdem-se em empréstimos. Além disso, eles não eram muitos. Todos dormiam confortavelmente nas prateleiras dedicadas a cada assunto. Como no caso dos discos, meu pai começou por comprar vários cadernos onde anotava nome, autor, gênero e localização de cada um, como se fosse um bibliotecário. Fiquei imaginando qual seria a fase seguinte, e, embora não tivesse adivinhado, ele não me surpreendeu muito. Nos cadernos restantes, meu pai resolveu escrever as principais citações e ensinamentos dos livros que lera na vida. Nos domingos dessa época, ele às vezes ficava chato. Isso sempre acontecia quando as frases que colecionara ao longo da semana forneciam combustível para sermões e lições de moral. Algumas vezes, no entanto, motivavam conversas interessantes. Nesses dias, eu até achava meu pai inteligente — em geral, nossa atitude em relação ao que dizem os velhos, assim como no caso das crianças, não vai além da condescendência — e sugeria que ele reunisse suas idéias em um livro. Meu pai sorria e dava sempre a mesma resposta. Dizia que não tivera nenhuma boa idéia na vida, que tudo o que pensara havia sido pensado antes por outros. Para ele, toda falsa inteligência se nutre de inteligências alheias. Ele enquadrava a si próprio nesse caso. Colecionar citações era homenagear, de certa forma, os autores que tinham alimentado, ao longo da vida, essa burla intelectual.

Quando vi que meu pai se aproximava da última prateleira da estante, temi pelo que aconteceria quando os livros acabassem e ele não tivesse mais o que fazer. Afundaria, talvez, no tédio e na depressão, como tantos de sua idade. A vida, como a conhecemos, caminha inevitavelmente para três destinos não excludentes, todos inglórios, que são a solidão, a doença e a morte. Mas meu pai, mais uma vez, me surpreendeu. No domingo em que se acabaram os livros, ele começou a se dedicar àquilo que havia de mais recôndito em sua casa: as gavetas. É nelas que se escondem as fotos e as cartas — meu pai, organizado, guardara, por exemplo, todas as que tinha recebido de minha mãe, nos tempos de namoro. Havia também — eu não sabia — uma pasta de recortes com todas as ocasiões em que seu nome aparecera em algum jornal. Desde os poemas publicados em tablóides de grêmios estudantis até os registros de casamento e causas jurídicas de que participara. Houve um tempo, quando nossa cidade era mais provinciana, em que um homem poderia passar a vida sem fazer nada de relevante, mas mesmo assim suas datas capitais — nascimento, casamento, aparições públicas, nascimento dos filhos — eram registradas em algum jornal. Hoje, as notícias de crimes e escândalos ocupam todas as páginas, e apenas um evento na vida de um homem — a morte — é considerado importante o suficiente para ser registrado, na seção diária de falecimentos.

Na época em que gravava músicas, não era raro que meu pai se arrebatasse durante os nossos encontros. A fase seguinte, a dos livros, foi a da reflexão. Agora que organizava as gavetas, meu pai ia ficando cada vez mais melancólico. Era como se essa passagem das coisas que guardamos nas prateleiras da sala, que ficam à mostra para as visitas — discos e livros —, para o que escondemos até de nós mesmos — cartas, fotografias e memórias em geral — representasse um mergulho cada vez mais profundo. Quando, finalmente, meu pai se tornou uma notícia de três linhas num obituário, era como se tivesse deixado a casa arrumada antes de partir. O milagre da transmissão das lembranças havia se operado. Eu não herdara dele apenas a casa, mas também as recordações. Remexendo-as, percebia com clareza por que ele nunca escrevera um livro. Fizera-o a seu modo, na forma de uma casa organizada, em que as emoções estavam arquivadas em fitas cheias de músicas, os pensamentos condensados em cadernos de citações e as lembranças enfeixadas em maços de cartas e fotografias. A única maneira, ainda assim enganosa, de burlar a morte é legar as próprias lembranças a alguém, apossar-se da memória alheia. É esse o sentido dos filhos e dos livros. E é por isso, também, que os velhos gostam de contar histórias e fazer arquivos. É uma forma de preparar-se para morrer. Nisso meu pai foi um virtuoso. Suas coleções por muito tempo me fariam lembrar dele. Até que eu estivesse completamente impregnado dessa herança e elas se tornassem supérfluas.

Susana não teve a mesma preparação. Para ela, a morte

chegou de forma repentina, dias depois de sua ida ao *Barbeiro de Sevilha*. Fiquei chocado. Uma das diferenças entre a ópera e a vida é que, na ópera, sempre sabemos quem vai morrer no final. Mesmo que não conheçamos o enredo de antemão, o personagem tem o final trágico como que marcado na testa — ou melhor, na voz. É a Violetta Valéry de *La Traviata* tossindo durante uma festa, logo no primeiro ato. Ou Carmen lendo sua sorte nas cartas. Enquanto suas amigas ciganas, Frasquita e Mercedes, se alegram ao perceber que terão sucesso, uma no amor, outra na vida monetária, Carmen sabe pelo baralho que seu destino final seria uma morte trágica. A maldição sobre Gilda, a filha de Rigoletto, é lançada logo numa das primeiras cenas — um velho que teve a filha desonrada é objeto de pilhéria por parte do bufão da corte de Mântua, e se vinga rogando uma praga. Nas óperas, esse tipo de destino sempre se cumpre inexorável. Já a Susana real, aquela que conheci breve mas intensamente, não trazia em seu comportamento nenhum sinal de tragédia. Era leve como a outra Susana, a das *Bodas de Fígaro*, protagonista da troca de casais que esquenta o casamento do conde de Almaviva na ópera. Como a outra, era voltada para a vida alheia e para o sexo, sem nenhum tormento, sem nenhuma culpa. Para não dizer que não houve em sua história nenhum aviso daquele destino que age nas óperas, dias antes de sua morte repentina ela me contou uma de suas histórias e disse que era a última de que se lembrava. Nas *Mil e uma noites*, Scherazade adiava a própria morte inventando, a cada dia, um enredo novo. As histórias alimentaram a sua vida durante muito tempo. No caso de Susana, elas, as histórias, secaram um dia, como a sinalizar que a vida murcharia logo depois.

Poderia relatar, aqui, detalhes sobre sua morte. Não faço isso porque, embora já tenha se passado algum tempo, ainda é um pouco doloroso. Além disso, como já disse, não gosto de mortes. Se fosse numa ópera, a morte de Susana com certeza não seria do tipo lento. Poderia se enquadrar no gênero dramático, como a de Carmen, embora não tenha sido um assassinato. Prefiro, no entanto, classificá-la como uma morte poética. Não apareceu nenhum fantasma, como em *Don Giovanni*, para levá-la. Nem morreu de amor como Isolda, pois não era dada a sentimentalismos. Foi uma morte poética porque, como as dessas duas óperas, teve um significado. O da história do sedutor de Sevilha era ironizar a sociedade da época. O de *Tristão e Isolda*, mostrar a eternidade de um sentimento. A morte de Susana, em minha vida, significou transformar-me em escritor. Fui ao enterro. Encontrei lá vários parentes dela. Susana tinha uma família grande, mas morava sozinha. Nunca falara de nenhum de seus parentes durante a nossa convivência. Percebi que, com pais, irmãos, tios e primos, seu relacionamento era daquele tipo afastado que em geral se dedica à família. A pessoa mais próxima em seus últimos dias de vida era eu. Esse o motivo de eu ter assumido a responsabilidade de colocar suas memórias de segunda mão num livro. O que nos move a escrever uma história é a certeza de que, se não o fizéssemos, ninguém mais o faria. E também a sensação de que ela chegou ao seu final.

Os contos ouvidos por ela no balcão da agência tinham, no entanto, um problema. Eram, na verdade, perfis de mulheres. Os homens não apareciam. Resolvi, assim, completar essa parte da história, como quem vê o cenário de *O barbeiro de Sevilha* e imagina o que ocorre atrás das portas de papelão. Eu constatara, na infância por intuição e adulto por experiência própria, que todas as saídas que parecem levar a lugares diferentes acabam indo dar na parte de trás do palco. Da mesma forma, era possível que todos os personagens das narrativas de amor de Susana fossem interpretados pelo mesmo homem. Um único sedutor, um especialista em decifrar — e encarnar — fantasias alheias. Sevilha, a de trás do cenário, é uma só, e os sonhos das pessoas em geral, e das mulheres em particular, se parecem. A narrativa que acoplei a esta, e que a completa, é, assim, fruto da minha imaginação. Sem deixar de ser, a seu modo, verdadeira.

XVIII

Naquela manhã tudo começou como sempre, com sutis diferenças. O Burlador acordou cedo, entrou no escritório, ligou o computador para checar os e-mails, leu a última página do jornal — e parou a leitura no meio, como se subitamente se lembrasse de algo. Consultou a agenda, que estava sobre a mesa. O compromisso daquele dia estava marcado para ainda de manhã, às dez horas, e era com Jaqueta de Couro. Como de costume, o Criado deixara a fantasia de executivo de gravadora ao lado da mesa. O Burlador conferiu cada peça. Estavam lá a mesma calça jeans da última vez, mas a camiseta era azul e havia também um blazer esportivo cinza. Depois de alguns segundos de hesitação, deixou o escritório e voltou para o seu quarto. De lá saiu com uma roupa neutra. Tão neutra que não vale a pena descrever. Assim vestido, saiu pelas ruas de Sevilha. Seguiu para a praça onde o encontro com Jaqueta de Couro estava marcado, a mesma onde antigamente, dizem, existia uma fábrica de cigarros, de um lado, e o quartel de dragões, do outro, e que servira de inspiração para a ópera Carmen. Aquela onde há apenas pessoas que passam e pessoas *que observam. O Burlador sentou-se num banco, juntando-se às do segundo tipo.*

Como costumava acontecer, Jaqueta de Couro chegou antes do horário previsto. Sentou-se também num banco. De onde estava, podia ver o Burlador, mas não o reconheceu. Sem a fantasia, ele deixava de ser personagem. Ele, claro, também podia vê-la. Estavam, por assim dizer, um em frente ao outro, mas com um pedaço considerável de praça a separá-los, percorrido pelos turistas e não-turistas que iam e vinham. O Burlador poderia até se apresentar, confessar a mentira — provavelmente se sentia culpado por criar, nela, a falsa ilusão de que podia ser artista —, mas não fez isso. Deixou-se estar na praça, observando os passantes, dirigindo de tempos em tempos olhares a ela, pensando. Em quê? Talvez em si próprio, quando era adolescente e ia à mesma praça observar mulheres. Até o dia em que, um pouco mais crescido, marcou seu primeiro encontro. Nesse dia, preparou seu melhor traje sevilhano. Após um banho demorado com sais e loções, vestiu a calça preta justa, a camisa branca de mangas bufantes, um ridículo chapéu típico, preto e de aba larga, com uma fita vermelha, e pela primeira vez compôs um personagem. Agora, muitos anos mais tarde, voltava a sair às ruas de Sevilha sem ser ninguém. Lembrou como era divertido observar. Seu olhar panorâmico dirigia-se, de tempos em tempos, para Jaqueta de Couro. Que, impaciente, consultava o relógio várias vezes por minuto.

Fixou-se nela quando, finalmente, um homem se aproximou. Era jovem. Sentou-se no banco. Puxou assunto. Ela, volúvel como costumam ser as mulheres quando largadas por um amante impontual numa praça de Sevilha, engatou uma conversa. Sobre o que falavam? De seu posto de observação, o Burlador podia adivinhar. Do calor, de música, de Sevilha. Os mesmos assuntos que ele havia puxado quando era jovem e fora à praça encontrar uma mulher talvez não tão exótica, mas tão fascinante quanto ela. O homem que conversava com Jaqueta de Couro usava calça preta justa, camisa branca de mangas bufantes e chapéu típico com fita vermelha. Uma roupa totalmente anacrônica, um tipo que não combinava com Jaqueta de Couro e seu piercing na orelha, seu cabelo vermelho curtíssimo, sua jaqueta de couro. Mas às vezes épocas diferentes se exercem um fascínio mútuo. Depois de uns quinze minutos de conversa, os dois se levantaram e saíram. Começaram a caminhar pela praça. Deixaram de ser observadores. Ganharam o status de personagens. O Burlador olhou para eles e sorriu, lembrou-se da cantora que tentara despertar nela e que ela nunca iria ser, e provavelmente pensou que o homem jovem talvez fosse capaz de dar a Jaqueta de Couro uma ilusão menos mentirosa. Burladores jovens, quando enganam, fazem isso com sinceridade. Burladores velhos vão, pouco a pouco, se deixando contaminar pelo cinismo. Era o que estava acontecendo com ele. Era sinal de que talvez fosse hora de sair de cena.

Voltou para casa. Procurou o Criado, mas ele não estava. Devia ter saído para mais sondagens. Almoçou, fez a sesta e foi para o escritório. Sentou-se ao computador. Escreveu as três histórias que vivera nos últimos dias, para não se sentir inconcluso. Depois de relê-las, imprimiu-as e as arquivou, respectivamente, nas pastas de números 1289, 1300 e 1301. O enredo de Jaqueta de Couro acabara de forma inusual. Para conquistá-la, fizera o papel de um velho de alma jovem. Perdeu-a para um jovem de verdade. Nem o maior dos burladores é capaz de burlar a passagem do tempo. Deitou-se no divã e ficou contemplando o arquivo. Talvez com ganas de reler tudo, pasta por pasta. Talvez tentando lembrar-se dos melhores momentos contidos ali. No futuro, talvez sua história virasse livro, como já havia acontecido antes com tantos burladores, muitos deles nascidos ali mesmo em Sevilha. A palavra escrita, no entanto, era menos importante. Livros encalham, papéis podem queimar num incêndio, prints e disquetes de computador se deterioram com o tempo, como os manuscritos de antigamente. A única eternidade possível é a da memória. E essa parecia garantida. Algumas mulheres, claro, o esqueceriam. Mas tinha 1301 chances de que, pelo menos em alguns casos, isso não ocorresse. Que, ao contrário, suas histórias fossem contadas para amigas e destas para outras amigas, amantes e destes para outros amantes, filhos e destes para netos e bisnetos. Era uma reflexão tranqüilizadora. Pensava nisso quando, deitado no divã, fechou os olhos.

Na mesa do computador, o jornal continuava aberto na mesma página em que o Burlador interrompera a leitura pela manhã. A última, a do obituário. Nela, seu nome jazia registrado num anúncio fúnebre de três linhas.

ESTA OBRA FOI COMPOSTA PELO ACQUA ESTÚDIO EM MERIDIEN,
TEVE SEUS FILMES GERADOS NO BUREAU 34 E FOI IMPRESSA PELA
GEOGRÁFICA EM OFF-SET SOBRE PAPEL PÓLEN SOFT DA COMPANHIA
SUZANO PARA A EDITORA SCHWARCZ EM ABRIL DE 2000.